L Riels

Ein angenehmer Aufenthalt

Lustspiel in drei Akten von L. Riels

L Riels

Ein angenehmer Aufenthalt
Lustspiel in drei Akten von L. Riels

ISBN/EAN: 9783743307032

Hergestellt in Europa, USA, Kanada, Australien, Japan

Cover: Foto ©Andreas Hilbeck / pixelio.de

Manufactured and distributed by brebook publishing software (www.brebook.com)

L Riels

Ein angenehmer Aufenthalt

Ein angenehmer Aufenthalt.

Lustspiel in drei Akten

von

L. Riels.

Wien, 1881.

Alle Rechte vorbehalten.

Den Bühnen gegenüber Manuscript.

Das Aufführungsrecht ist nur durch den Verfasser zu erwerben.

Personen.

Erwin Freiherr von Seldenberg.
Iduna, dessen Frau.
Egon, dessen Bruder.
Theodor von Rehling.
Garda, dessen Tochter.
Laurentius von Wartau.
Kora, dessen Schwester.
Christine Demelli, deren Erzieherin.
Mila von Alden, Witwe.
Dr. Kanttus.
Adam, Kammerdiener } bei Seldenberg.
Fanny, Stubenmädchen }

Ort der Handlung: Lerchendorf. — Zeit: Die Gegenwart.

Erster Akt.

Salon. Mittelthüre, Seitenthüren. Rechts ein Fenster. Im Vordergrund links ein Sopha, vor demselben ein Tisch, auf welchem zum Frühstück gedeckt ist. In der Nähe des Fensters ein Tisch, auf welchem Zeitungen liegen. Im Vordergrunde ein Spiegel.

Erster Auftritt.

Adam, (ältlicher Mann, Pincenez; steht rechts, liest Zeitungen). Fanny junges Mädchen, steht bei dem Tische links, ordnet das Frühstück.

Fanny. Ich hoffe, es wird Alles in Ordnung sein! Bitte, sehen Sie ein bischen nach, Herr Kammerdiener. Da ich erst seit wenigen Tagen in diesem Dienste bin, weiß ich noch nicht, wie es die Herrschaft gerne hat! —

Adam (die Zeitung in der Hand behaltend, den Frühstücktisch flüchtig überblickend, vornehm). Es ist gut — ganz gut! (Liest weiter.)

Fanny (schüchtern). Herr Kammerdiener —

Adam (über das Pincenez schielend). Was wollen Sie denn noch, mein liebes Kind?

Fanny (schmeichelnd). Ich möchte Sie bitten, mir ein wenig beizustehen, wenn ich es anfangs der Herrschaft nicht recht machen sollte!

Adam. Ja, ja — das will ich thun. Sie brauchen übrigens keine Sorge zu haben, — die Frau Baronin ist die Güte selbst — und der Herr Baron — der ist so überglücklich im Besitze seiner jungen Frau, daß ihm alles recht ist.

Fanny. Man sagt, er liebe die Baronin schon seit lange.

Adam (zu dem Tische rechts tretend, die Zeitung auf denselben legend). Als siebzehnjähriges Mädchen heiratete die Frau Baronin ihres jetzigen Gatten Neffen; nach fünfjähriger Ehe starb derselbe, drei Jahre blieb sie Witwe, und vor acht Tagen reichte sie dem Herrn Baron die Hand.

Fanny. Wenn der Herr Baron seine Frau aber so lieb hat, sollte er sie an einen Ort führen, wo Leute sind, und sie sich unterhalten kann, — (an das Fenster tretend) nicht in diese Einöde, — wo sich die Füchse gute Nacht sagen!

Adam (unwillig). Ach was! Füchse! — Der Herr Baron wird schon dafür sorgen, daß sich die Frau Baronin unterhält!

Fanny. Die Herrschaft kommt. Ich will rasch frisches Wasser bringen! (Eilt durch die Mitte ab.)

Adam (öffnet die Thüre rechts). Thun Sie das.

Zweiter Auftritt.

Voriger. Erwin, ältlicher Herr, sehr elegant, Feldblumen im Knopfloch, — Iduna, junge Frau, Morgenkleid, runden Strohhut am Arm, einen Feldblumenstrauß in der Hand, Arm in Arm durch die rechte Seitenthüre.

Iduna (freundlich zu Adam). Geben Sie den Blumen Wasser, damit sie recht lange frisch bleiben. (Lächelnd.) Erwin hat sie mir selbst gepflückt.

Adam (nimmt Beiden die Hüte und Idunen die Blumen ab, lächelnd). Da mögen der Herr Baron hübsch müde geworden sein!

Erwin (zu Adam). Müde, — nein! (Idunas Hand küssend.) An der Seite eines Engels wird man niemals müde.

Iduna. Schmeichler! (Setzt sich auf das Sopha.) Nun komm —! wir wollen frühstücken.

Erwin (sich neben sie setzend, zu Adam, der beim Frühstück serviren will). Laß nur gut sein, Adam, die Baronin wird mir den Thee schon selbst kredenzen — (mit entsprechender Handbewegung) Du kannst gehen — die Blumen in das Wasser stellen!

Adam (verschmitzt lächelnd). Sehr wohl, Herr Baron! (Für sich.) Und da wundert sich die naive Stubenkatze, daß er in die Einöde gezogen, — sogar der alte Adam wird fortgeschickt. (Durch die Mitte ab.)

Erwin (den Arm um Idunas Taille legend). Nun mußt Du mir ein Küßchen geben, sonst ist der Thee abscheulich. (Zieht sie an sich.)

Iduna (sich zurückbeugend, lachend). Sieh doch! Wer hat Dir früher das Frühstück versüßt?

Erwin. Ehe ich Dich kannte, — waren mir derlei Wünsche fremd — und seit ich Dich kenne, ist es der Gedanke an Dich, der mein ganzes Sein versüßt!

Iduna. Wenn das auch gerade nicht buchstäblich wahr ist, war es doch sehr schön gesagt, und hat Dir den Frühstückskuß verdient! — (Küßt ihn.)

Erwin. Wie? Du glaubst mir nicht! O, das ist schmerzlich! Als wüßtest Du nicht, wie sehr ich meinen Neffen stets um Dich beneidet habe.

Iduna (mit dem Finger drohend). Ich will nicht hoffen, daß Du dies wirklich gethan! (Komisch ernst.) Neid ist ja ein Laster —!

Erwin (zärtlich). So viele Reize, wie die Deinen, entschuldigen es.

Iduna. Ach! Wie galant! Aber hüte Dich! Du wirst mich verwöhnen, und dann werde ich glauben, es solle immer Honigmonat bleiben.

Erwin (feurig). Er soll's auch bleiben, so lange ich Honig von Deinen schönen Lippen, Liebesgluth aus Deinen holden Augen trinke — (zieht sie an sich, streift mit dem Arm einen am Rande des Tisches stehenden Präsentirteller hinab).

Dritter Auftritt.

Vorige. Fanny tritt mit der Wasserflasche durch die Mitte ein.

Fanny (schreit beim Fall des Tellers). Ha! —

Iduna (lächelnd, leise). Aber Erwin!

Erwin (sich rasch umwendend). Weshalb schreien Sie denn so? —

Fanny (stotternd). Weil der Herr Baron den Teller hinabgeworfen haben. (Hebt den Teller auf, stellt die Flasche darauf und beides auf den Frühstücktisch.)

Erwin (lachend). Sie scheinen sehr schwache Nerven zu besitzen!

Fanny. Zu dienen! Herr Baron!

Iduna (schenkt Thee ein, reicht Erwin die Tasse, lächelnd zu Fanny). Dann wird Ihnen die Landluft gut thun!

Fanny. Zu dienen, Frau Baronin!

Erwin (fängt an Thee zu trinken). Ja! besonders Wald=luft ist sehr nervenstärkend. (Mit entsprechender Pantomime.) Gehen Sie auf ein Stündchen in den Wald, meine Frau bedarf Ihrer für den Augenblick nicht!

Fanny (sieht verlegen drein). Zu dienen, Herr Baron! (Sieht auf Iduna.)

Iduna (freundlich). Ja, ja, gehen Sie nur —

Fanny (knixt). Zu dienen, Frau Baronin! (Im Abgehen für sich.) Ich muß doch den Herrn Kammerdiener fragen, weshalb mich der Herr Baron, so wie ich nur in das Zimmer trete, in den Wald schickt. (Durch die Mitte ab.)

Erwin (frühstückend). Die Bereitwilligkeit der Leute ist unausstehlich! **Immer** sind sie da.

Iduna (welche auch frühstückt). Aber Liebster, sie müssen doch ihren Dienst thun.

Erwin. Ja, ja — sie sollen ihn thun — aber draußen — **Nie in Deiner Nähe.** (Stellt die Tasse weg.) Ich bat Dich ja, mit mir in diese stille, traute Gegend zu kommen, weil ich mit Dir **allein** sein will, **ganz allein!**

Iduna (hat auch die Tasse weggestellt, sich zurücklehnend, lächelnd). Aber Domestiken! —

Erwin (eifrig). Auch diese stören mich, denn während Du mit **ihnen** sprichst, siehst Du **mich** nicht an.

Iduna (lächelt).

Erwin (fährt, es bemerkend, immer feuriger werdend, fort). Ja! — Du lächelst! — Weil Du es nicht empfunden hast, was es heißt, Jahre hindurch zusehen und zuhören zu müssen, wie unbedeutende, flachköpfige Menschen sich an das Weib unseres Herzens drängen und es mit öden Schmeicheleien und nichtssagenden Redensarten bestürmen.

Iduna (lacht). Was ereiferst Du Dich! Sie haben Dir ja nichts geschadet, diese „flachköpfigen" Menschen!

Erwin (lebhaft). O! sie haben mir sehr **viel** geschadet, denn sie haben mir Jahre des Glücks geraubt, — und die fallen bei **meinem Alter** in die Wagschale! —

Iduna. Jahre des Glücks! Wie das? —

Erwin. Hätten Dich nicht so viele umschwärmt und be=wundert, würde ich es längst gewagt haben, Dir meine Liebe zu gestehen —

Idnna (einfallend). So aber hast Du gewartet, bis ich selbst Dir einen versteckten Heiratsantrag gemacht. —

Erwin (lächelnd). Nun, das hast Du wohl nicht gethan, aber Du warst edel, erbarmtest Dich meiner Leiden und ließest mich errathen —

Idnna (rasch einfallend). Daß mir alle Andern völlig gleichgiltig, und nur Du mein Herz gewonnen! —

Erwin (ihre Hand küssend). Ja, das thatest Du, und hast mich dadurch aus arger Pein erlöset, denn Einer — schien mir doch ein wenig gefährlich.

Idnna (lächelnd). Wirklich? Und der war?

Erwin. Dein Vetter Wartau!

Idnna (lächelnd). Der gute Laurentius!

Erwin (eifrig). Ja, ja! Der gute Laurentius!

Idnna (vorwurfsvoll). Meinst Du im Ernst, er hätte mir gefallen können? —

Erwin. Wenn auch nicht geradezu gefallen —! Du wußtest, mit welch' abgöttischer Neigung sowohl er als auch seine Schwester an Dir hing — — —

Idnna (weich). Die kleine Kora! Sie liebt mich so innig!

Erwin. Siehst Du! Du bist schon vollständiges Mitgefühl, wenn Du nur von ihr sprichst — mußte ich da nicht fürchten, daß Du endlich ihren Bitten nachgeben und Laurentius heiraten würdest —

Idnna (lächelnd). Nein, Liebster! Da konntest Du ruhig sein. Dies hätte ich auch Kora zu Liebe nicht gethan.

Erwin. Dies zu hören freut mich — denn er war der **Einzige** — (sich rasch verbessernd) nein — nein — er war **nicht** der Einzige, der mir bedenklich schien —

Idnna (scherzend). Wer denn noch —?

Erwin (wichtig). Der junge Doktor, der Kanttus, der etliche siebzig Male Dein Haus besah und es endlich doch nicht kaufte —

Idnna (lachend). Siebzig Male waren es nicht, er kam nur fünf Mal!

Erwin (rasch). Du hast gezählt, wie oft er kam?

Idnna (ruhig). Ich nicht — sondern der Haus=Inspektor.

Erwin. Na, na!

Idnna. Da ich Dich gewählt, brauchst Du Dich wohl nicht zu beunruhigen.

Erwin (galant). Ich bin so überzeugt von der Vortrefflichkeit Deiner Grundsätze, daß ich jetzt, da ich Dich besitze, keinesfalls beunruhigt wäre —

Iduna. Darin hast Du auch vollkommen recht; ich bin ja auch nicht eifersüchtig —

Erwin (lächelnd). Auf wen könntest Du es sein? —

Iduna (neckend). O! Es gäbe schon auch Leute! zum Beispiel Frau von Alden —

Erwin (etwas verlegen). O, o! Frau von Alden! Welch ein Einfall — Sie ist eine ganz nette Frau, sehr heiter —

Iduna (kopfnickend). Etwas kokett —

Erwin (entschieden). Ganz richtig — deshalb hat sie mir auch nie gefallen —

Iduna (mit dem Finger drohend). Ich weiß eine Zeit, in welcher Onkelchen die Frage, ob er Frau von Alden zur Boronin Seldenberg machen solle, lebhaft in Erwägung zog! —

Erwin. Das ich nicht wüßte — nicht die Spur — Mein Bruder Egon — der —

Iduna (lächelnd). Nun, der hat förmlich um sie angehalten! Aber auch Du hast für sie geschwärmt. Weißt Du noch, als wir vor vier Jahren den großen Ball gaben, die Alden war als Juno gekleidet und sah prachtvoll aus — da — —

Erwin (von dem Gespräch unangenehm berührt). Wozu diese alten Geschichten besprechen! (Seufzend.) Es war für mich eine so traurige Zeit, denn ich mußte Dich im Besitze eines Andern wissen —

Iduna (lächelnd einfallend). Und suchtest Dich deshalb in Frau von Aldens Gesellschaft zu trösten! — —

Erwin (zärtlich, ihre Hand fassend). Lassen wir die Vergangenheit; genießen wir die schöne, zauberische Gegenwart! Es ist wahrhaft Sünde, hier, in dieser wundervollen Einsamkeit, von all' den unnützen Leuten zu sprechen! Hier wollen wir nichts, gar nichts thun, als an uns denken! Du an mich, Iduna, und ich an Dich! — (Lehnt sich an sie.) Kein fremder Laut soll diese schöne Harmonie zerstören, kein anderer Ton als der unserer Stimmen und der Sang der Vögel an unser Ohr bringen! (Posthorn von Außen.) — (Aufspringend.) Oho! Was ist das? Ein Posthorn! (Eilt an das Fenster.)

Iduna (ruhig). Das Haus liegt an der Fahrstraße, somit ist es leicht erklärlich, daß Postwagen vorüberfahren.

Erwin. Ganz recht! Das Haus liegt an der Fahrstraße! (Setzt sich wieder.) Aber Madame König, die Wirthschafterin, sagte ausdrücklich, man sehe oft wochenlang keine Reisenden.

Iduna (will sich Wasser einschenken). Es wird die Briefpost sein.

Erwin (nimmt die Flasche, schenkt Idunen ein, lächelnd, befriedigt). Ja, ja! Es wird die Briefpost sein. (Schenkt sich auch ein.) Der Bursche bläst recht nett — und was die Hauptsache ist — **er fährt weiter!** (Trinkt.)

Iduna. Wo sollte er auch anhalten. Gasthaus ist keines in der Nähe; das benachbarte Schloß ist unbewohnt und öde. (Posthorn verklingt hinter der Scene.)

Erwin. Ja — das Schloß ist ganz öde. Ich sah es auch von Innen, als ich diese Villa miethete. — Es ist prächtig hergerichtet, alles sehr elegant, der große Park, der bis an unsern Garten reicht, ist ganz reizend, und doch hat es seit fünf Jahren Niemand bewohnt.

Iduna. Wem gehört es?

Erwin. Einem Baron, der es seit lange verkaufen will, aber keinen Käufer findet.

Iduna. Es ist wohl hoch im Preis?

Erwin. Wahrscheinlich — (Posthorn von Außen.) Oho! Schon wieder! — (aufstehend). Sonderbar! (Tritt an's Fenster). Von der Briefpost hat Madame König keine Silbe gesprochen und sie schwätzte doch entsetzlich viel! —

Iduna. Dieses Posthorn scheint Dich sehr zu beunruhigen.

Erwin (tritt wieder zum Sopha, setzt sich). Beunruhigen gerade nicht, aber es zerstört meine Hoffnung, **hier ferne von allem Geräusch zu sein!** — (Sich zu Idunen lehnend.) Ich möchte gar nichts hören, — was mich an die Außenwelt erinnert — der Gedanke an Briefpost aber zieht eine Menge Andere nach sich! Da fallen mir unsere vielen Bekannten und Verwandten, meine Verwaltungsrathsgeschäfte ein, — mit einem Worte, ich denke an allerlei, an was ich nicht denken möchte, wenn ich bei Dir bin. Der Sommer ist ja so bald vorüber, und mit ihm auch seine Freuden, welche mir jetzt schöner denn je erscheinen. — Die grünen Wiesen, die blauen Berge, die blühenden Thäler, alles — alles ist mir doppelt reizend, weil ich es mit Dir vereint betrachte. — Glaub' mir, so ungestört mit Dir allein, scheint mir die Welt ein Paradies zu sein.

Iduna (lachend). Ach! Jetzt spricht er gar in Versen! —

Erwin (sie an sich ziehend). Wundert's Dich! Muß man nicht zum Dichter werden, wenn man in Deine Augen schaut —

Iduna. Gut, daß Dein Bruder Zeno Dich nicht hört, —

Erwin. Ach, Zeno der Alltagsmensch, der für nichts Sinn hat, als für Sport, Diners und Jagd —

Iduna (lächelnd). Ja! poetisch ist Zeno nicht! In dieser Beziehung gleicht Dir eher Dein Bruder Egon!

Erwin (verdrießlich). Egon! O! sprich nicht von ihm. Du weißt, wie sehr es mich verletzte, daß er nicht zu unserer Hochzeit gekommen, — sondern es vorgezogen auf dem Schlosse seines Freundes Rehling zu bleiben. —

Iduna. Wer weiß, was ihn dort fesselt. Rehlings Tochter soll ein gar liebes Mädchen sein. —

Erwin. Das kann ich nicht glauben. Rehlings Gattin war eine überspannte Engländerin, welche ihre Zeit theils im Stall, theils auf der Jagd verbrachte; er selbst ist ein gutmüthiger, aber entsetzlich leichtsinniger Mensch. — Das Mädchen wuchs, sich selbst überlassen, auf; woher sollte es irgend eine Erziehung erhalten haben. —

Iduna. Die Kleine hatte wohl eine Gouvernante —?

Erwin. Eine Gouvernante hatte sie allerdings, doch hat sich diese mehr um den Papa — als um die Tochter ge= kümmert. — So sagte wenigstens Egon — ich selbst war nie bei Rehling.

Iduna. Ihr seid doch Freunde —?

Erwin. Freunde! Das nicht! — Sein älterer Bruder Max war mir lieb und werth, mit Rehling selbst verkehrte ich wenig; seine Art sagt mir nicht zu — er ist ein bischen — — — ungeschliffen!

Iduna. Dann ist es wunderbar, daß Egon, der so fein= fühlend und liebenswürdig, gerne bei Rehling weilt.

Erwin (unangenehm berührt). Du findest Egon feinfühlend, liebenswürdig! Hm! Da kann er ja sehr stolz sein! — Liebenswürdig! —

Iduna (vorwurfsvoll). Du bist aber wahrhaft komisch! Ist es denn nicht wahr — daß er es ist —

Erwin. Nun ja, ja! Aber Du sollst es nicht sagen! Du sollst nur von mir sprechen! Nur von mir. (Umarmt sie.)

Iduna (lachend). Natürlich, nur von Dir. (Posthorn von Außen.)

Erwin (aufspringend). Ah! Diese Briefpost ist aber wirklich unausstehlich!

Iduna (auch aufstehend). In der That, es ist seltsam — ein so lebhafter Verkehr in so einsamer Gegend —

Erwin (tritt gegen das Fenster). Seltsam und unangenehm! —

Vierter Auftritt.

Vorige. Kora, junges Mädchen.

Kora (rasch durch die Mitte). Wo ist sie? Wo? — (Erblickt Iduna.) Iduna! (Stürzt auf Iduna zu, umarmt sie leidenschaftlich.) Meine Iduna! —

Iduna (erstaunt). Du hier? Kora! —

Erwin (sich rasch umwendend, starrt Kora an, für sich). Wie kommt denn die her!

Kora. Ja — ich bin hier! (Zu Erwin, ihm die Hand reichend.) Du bist wohl recht erstaunt, Onkel Erwin. — Ach! Es ist auch ein himmlischer Zufall! — (Wendet sich zu Idunen.)

Erwin (für sich). Das finde ich nicht!

Iduna. Durch wen erfuhrst Du, daß wir hier seien?

Kora. Wir fuhren mit dem Postwagen vorüber, da sah ich Adam an dem Thore stehen — sprang rasch ab — (freudig) und da bin ich

Iduna. Ja — da bist Du!

Erwin (für sich). Daß sich der Mensch auch immer wie ein Aushängschild vor die Thüre stellen muß. (Zornig.) Der soll mir's heute kriegen.

Kora (nimmt ihren Hut ab).

Iduna (zu Erwin tretend, leise). Erwin — sei ein bischen freundlich!

Erwin (seufzend, auch leise.) Mit Vergnügen, meine Theure! (Laut zu Kora.) Mit wem bist Du denn hergereist?

Kora. Mit Laurentius und Fräulein Demelli!

Iduna (zu Kora). Willst Du nicht ein paar Früchte nehmen? (Tritt zum Frühstückstisch.) Komm, setz Dich! —

Erwin (für sich). Ist die Demelli, die alte Plaudertasche, auch mit!

Kora (setzt sich zu Iduna, zieht sie an sich, küßt sie). Meine Iduna!

Erwin (für sich, sie mißgünstig betrachtend). Früher saß ich so da! — (Laut, zu Kora tretend.) Und wohin reist Ihr denn?

Kora (erstaunt). Wohin wir reisen? Wir bleiben hier.

Erwin (für sich, rasch, tonlos). Sie bleiben hier! (Setzt sich an den Tisch rechts.)

Iduna. Hier ist ja kein Gasthaus —

Kora. Ein Gasthaus? Das wohl nicht. (Mit der Hand nach rückwärts zeigend). Allein Herr Dubol, der Franzose, welcher voriges Jahr bei der Regatta bald ertrunken wäre, hat in dem benachbarten Schlosse ein Hôtel garni errichtet. —

Erwin (für sich, brummend). Ist das ein Einfall!

Iduna (lächelnd). Nun ertrinken wird er hier wohl nicht, aber zu Grunde gehen — — In dieser Gegend ein Hôtel garni! —

Kora. O! Er wird glänzende Geschäfte machen! Er hat schon vierzig Zimmer auf drei Monate vermiethet.

Erwin (entsetzt). Vierzig Zimmer auf drei Monate!? —

Kora (sein Entsetzen nicht bemerkend). Ja! — Drei Postwagen sind schon hier — —

Erwin (für sich). Das war die Briefpost!

Kora. Sechs kommen heute noch — —

Erwin (für sich). Sechs kommen heute noch — gräßlich!

Kora. Und vier morgen —

Erwin (für sich). Und vier morgen! — — Ich danke!

Kora. Es sind zumeist Bekannte. Kronenhelms kommen und Krelings — die beiden Schwallhofs, der junge Wallrott, Baron Neuhof — Dr. Kanttus (zu Iduna), derselbe, der Dein Haus kaufen wollte —

Erwin (für sich). Kommt der auch her —

Kora (fortsprechend). Frau von Alden

Iduna (lächelnd auf Erwin blickend). Ach! Frau von Alden —

Erwin (für sich). Die fehlte noch zu der Gesellschaft! —

Kora (lebhaft). Sag einmal Iduna, findest Du die Alden liebenswürdig? Glaubst Du, daß sie einem Manne gefallen könne?

Iduna (auf Erwin blickend). Allerdings glaube ich das. Weshalb aber interessirst Du Dich für diese Dame —?

Kora (verlegen). Laurentius schwärmt für sie.

Iduna (kopfschüttelnd). Das ist mir neu — — Ich weiß mich zu entsinnen, daß Dein Bruder gar nicht für sie eingenommen war und es ganz unbegreiflich fand, als man ihren Namen mit jenem Egons in Verbindung brachte!

Kora (ausweichend). So lange Laurentius die Andern mit Dir vergleichen durfte, war er von Niemandem eingenommen. (Seufzend.) Aber — jetzt, wo Du für uns verloren — (umarmt sie).

Erwin (für sich). Fängt schon wieder zu jammern an! —

Iduna (etwas ernster). Lassen wir das —

Kora (seufzend). Wir müssen es freilich lassen (Zu Erwin.) Aber es war hart, recht hart von Dir Onkel Erwin, daß Du uns Iduna genommen. — So lange sie Witwe war, da gehörte sie uns allen an — für jeden hatte sie einen freundlichen Blick — ein liebevolles Wort — einen guten Rath und jetzt — jetzt sind wir allein — ohne Freund, ohne Trost! —

Erwin (befangen). Nun — nun! — Es wird so böse nicht sein — ich raube sie Euch ja nicht — Ihr könnt doch zu uns kommen, wann Ihr wollt.

Kora (seufzend). Das ist dasselbe nicht mehr! — (Umarmt Iduna.)

Iduna (leise). Sprich nicht davon, Kora — Erwin hört es nicht gerne —

Erwin (für sich). Hauptsächlich dieser Klagen wegen habe ich mit Iduna die Residenz verlassen, nun kommt mir das Geschwisterpaar auch hieher nach! Es ist zum verzweifeln! —

Kora (nimmt ihren Hut). Ich will jetzt ins Schloß gehen; — wenn wir ein wenig eingerichtet sind, komme ich wieder — (Zu Erwin.) Ich darf doch Onkel — es stört Dich nicht?

Erwin (freundlich). Stören! Es wird mich freuen, wenn Du kommst

Kora. Wie gut Du bist! (Ihn umarmend.) Ich habe Dich auch herzlich lieb — nur — (stockt).

Erwin (rasch einfallend). Daß ich Euch Iduna genommen, ist Dir nicht recht — ich weiß — ich weiß!

Kora (seufzend mit traurigem Lächeln). Ich werde es nicht mehr sagen — gewiß nicht — (Iduna umarmend.) Zu ändern ist es ja doch nicht mehr! —

Erwin (empört). Aendern! Du könntest mir gefallen! Du wärest im Stande, mir ein seliges Ende zu wünschen, nur um Iduna wieder zu kriegen!

Iduna (vorwurfsvoll). Aber Erwin!

Erwin. Nun ja — ist es denn nicht wahr! Solch ein Neid!

Kora (innig). Nein — nein! Onkel Erwin — ich bin nicht neidisch! Ich wünsche Dir alles, alles Gute — Hab' nur ein bischen Geduld mit mir — ich kann ja nichts dafür, daß ich sie so un en d lich lieb habe, D ein e Iduna — Leb wohl und (reicht ihm die Hand) zürne mir nicht. (Iduna einen Kuß zuwerfend, rasch durch die Mittelthür ab.)

Iduna (weich). Das gute Kind!

Erwin. Ja, ja — sie ist ein recht gutes Kind, aber sie genirt mich — sehr genirt sie mich! — Ich bitte Dich, es ist doch ein unerträgliches Gefühl zu wissen, daß einem Jemand unausgesetzt beneidet.

Iduna. Sie wird es nicht mehr sagen —

Erwin. Sagen! — Sagen wird sie es freilich nicht — aber ihre sehnsuchtsvollen Blicke werden immer der Mahnruf für mich sein — Du hast sie uns geraubt. O die schwärmerische Liebe dieses Mädchens ist wirklich sehr unbequem!

Iduna. Ich gebe zu, daß sie keine Annehmlichkeit, aber was kann man thun? — Kora ist eben eine zartbesaitete Natur! —

Erwin (seufzend). Ja leider!

Iduna. Wer kann da helfen!

Erwin (eifrig). Es gibt nun ein Mittel —

Iduna. Und das wäre?

Erwin. Man muß sie zu verheiraten trachten.

Iduna (schmollend). Du willst sie nur los werden —

Erwin. Abgesehen davon, meine ich es der Kleinen gut, denn wenn wir sie nicht bald an Mann bringen, wird ihr schwärmerisches Wesen so langweilig, daß wir in allen fünf Welttheilen keinen Gatten für sie finden! —

Iduna. Ich hätte es gar nicht für möglich gehalten, daß Du so boshaft sein kannst.

Erwin (sie an sich ziehend). Ich bin gewiß nicht boshaft; aber sieh — auch ein Wurm würde sich empören, wenn er in meine Lage käme — Tagelang bin ich herumgefahren, um ein einfaches Haus zu suchen, wo ich all ein mit Dir ein paar glückliche Wochen zubringen könnte! — Ich fand es — hier — in dieser wundervollen Gegend. entfernt von aller Welt — Da kommt der französische Raubvogel und zerstört mir mein süßes, trautes Daheim! —

Iduna. Es wird so schlimm nicht sein —

Erwin. Es wird sehr schlimm sein — denn nicht nur Kora, sondern auch die ganze Gesellschaft wird nichts Eiligeres zu thun haben, als sich an Dich zu ketten und ich hatte mich so sehr gefreut, mit Dir allein zu sein. (Umarmt sie.)

Fünfter Auftritt.
Vorige. Adam.

Adam (schmunzelnd). Gnaden — Herr Baron —

Erwin (Idunas Arm in den seinen legend). Was willst Du denn Adam?

Adam (achselzuckend). Ich muß hereinkommen, sonst kommt er herein.

Erwin (auffahrend). Er! Wer?

Adam. Der Herr von Wartau.

Erwin (brummig). Ah! — Ist der auch da!

Iduna (ihren Arm aus jenem Erwins ziehend, rasch leise). Du mußt ihn empfangen.

Erwin (zweifelnd). Muß ich wirklich?

Iduna (lebhaft). Natürlich!

Erwin (ergeben). Na also! In Gottes Namen. (Zu Adam.) Laß' ihn herein!

Iduna (lächelnd, zu Adam). Er ist willkommen.

Adam (sich verbeugend). Sehr wohl, Frau Baronin. (Für sich.) Mein Herr sieht gar nicht aus, als ob ihm der Vetter willkommen wäre. (Durch die Mitte ab.)

Iduna (bittend). Erwin, sei freundlich. (Legt die Hände um seinen Hals). Recht freundlich!

Erwin (seufzend). Freundlich soll ich sein mit Deinem parfümirten Vetter! Nun, Dir zu Liebe! —

Iduna (zu dem Tisch tretend, auf welchem die Zeitungen liegen, nach rückwärts winkend). Pst! Er kommt —

Erwin (brummend, für sich). Ich wollt', er wäre bei den Zulus! —

Iduna. Artig sein!

Erwin (seufzend). Ja, ja — ich werde schon! —

Sechster Auftritt.

Vorige. Laurentius durch die Mitte.

Laurentius. Meine theure Jduna! Welch' unverhoffte Freude, Dich wieder zu sehen! Mein lieber Onkel! — (Reicht Erwin die Hand.)

Jduna (freundlich). Herzlich willkommen!

Erwin (mühsam freundlich). Guten Tag, Laurentius! (Für sich.) Hat schon wieder alle Wohlgerüche Indiens an sich.

Laurentius (legt seinen Hut weg). Ich glaubte Euch in Baden-Baden —

Erwin (etwas verlegen). Ja — wir waren auf dem Wege dahin — da sahen wir zufälligerweise dieses Haus — — (Stockt.)

Jduna (rasch einfallend). Und weil es mir so ausnehmend gefiel, war Erwin so freundlich es zu miethen — (Setzt sich, die Herren thun ein Gleiches.)

Erwin (zerstreut). Ja — ich war so freundlich, es zu miethen! — (Für sich). Ich wollte, ich hätt' es nicht gethan!

Laurentius (lächelnd). Das war in der That sehr freundlich von Dir, mein lieber Onkel, und noch freundlicher von dem Geschick, welches uns alle in das Schloß geführt. — (Freudig.) Wir werden uns herrlich unterhalten; Jduna wird die Königin all' unserer Feste sein —

Erwin (macht ein sehr saures Gesicht, Jduna zupft ihn am Aermel und winkt ihm zu, sich zu beherrschen, worauf er wieder gezwungen lächelt).

Laurentius (spricht lebhaft fort). Und deren wird es nicht wenige geben. Noch in der Residenz haben wir ein Vergnügungs-Comité gebildet. —

Erwin (seufzend, für sich). Ein Vergnügungs-Comité!

Laurentius (zu Jduna gewendet). Der Präsident desselben ist Dr. Kanttus.

Erwin (für sich). Der liebe Doktor!

Jduna (scheinbar aufmerksam zuhörend). Dr. Kanttus —

Laurentius. Der Vize-Präsident Otto Wallrott.

Erwin (für sich). Charmante Wahl!

Laurentius (fortsprechend). Comité-Mitglieder sind die beiden Schwallhofs und die beiden Kronenhelms —

Erwin (für sich). Auch nette Jungen.

Laurentius (fortsprechend). Und Schriftführer des Vereines — bin ich!

Iduna (lächelnd). Ah!

Erwin (für sich). Prächtige Leute bei einander.

Laurentius. Mein erstes Geschäft als solcher ist ein sehr erfreuliches, ja, ein beglückendes, denn ich habe von unserem Vereine den Auftrag (zu Erwin) Dich und Deine reizende Frau zu der noch heute stattfindenden Eröffnungsfeier einzuladen.

Erwin (erschrocken). Eröffnungsfeier? — nein — nein — (aufstehend) ich danke herzlichst —

Iduna (winkt ihm).

Laurentius (auch aufstehend). Wie? Du willst unsere Freude zerstören? — o — das ist grausam! (Zu Iduna.) Erbarme Dich unser, Iduna — wir haben uns Alle so sehr auf Dein Erscheinen gefreut — (sich verbessernd) eben so wie auf jenes des guten Onkels! — (Küßt Idunas Hand.)

Erwin (ihn zornig betrachtend, für sich). Ha! Der gute Onkel, der kommt hinterdrein!

Iduna (achselzuckend). Ich bin nicht mehr Herrin meiner Handlungen —

Laurentius (für sich). Leider!

Iduna (spricht fort). Wenn Erwin nicht kommen will, muß ich mich fügen. (Mit Bedeutung.) Doch hoffe ich, daß es mir gelingen werde, ihn Euren Wünschen nachkommen zu machen.

Laurentius (erfreut). Du wirst Dich für die Sache verwenden?

Erwin (betroffen). Du willst dem Feste beiwohnen, Iduna?

Iduna (freundlich). Wenn es Dich kein Opfer kostet, allerdings —

Erwin (mit sich kämpfend). Nun — ein Opfer — wenn Du es wünschest — (sich bezwingend, freundlich zu Laurentius) nehmen wir die freundliche Einladung dankbar an! —

Laurentius (entzückt). Das läßt sich hören! (Nimmt seinen Hut.)

Iduna (Erwin befriedigt zunickend). So ist es recht!

Erwin (für sich). Mir ist es gar nicht recht, — wahrhaftig nicht!

Laurentius. Nun eile ich in's Schloß, verkünde die freudige Botschaft, und schlag drei Uhr hole ich Euch zum Diner!

Erwin. Zum Diner sollen wir auch hinüberkommen?

Laurentius. Freilich! Das Fest dauert ja von drei Uhr nachmittags bis lang nach Mitternacht. (Küßt Idunas Hand.)

Erwin (tonlos, für sich). Bis lang nach Mitternacht!

Laurentius. Wir haben eine ganze Menge Belustigungen auf dem Programm — Concert, Kegelpartie, Wasserfahrt, Feuerwerk, ein Tänzchen ꝛc. ꝛc. Doch — ich muß fort, denn ich habe noch sehr Vieles anzuordnen — also — auf Wiedersehen. (Eilt durch die Mitte ab.)

Iduna. Auf Wiedersehen — Laurentius!

Erwin (sich in den Fauteuil werfend). Concert, Kegelpartie, Feuerwerk — Wasserfahrt, ein Tänzchen — ꝛc. ꝛc. — — Iduna! O Iduna! Wie konntest Du mich veranlassen, diese Einladung anzunehmen!?

Iduna (zu ihm tretend, ihm die Wange streichelnd). Aber, Liebster! Du konntest ja nichts anderes thun! Es sähe doch ganz eigenthümlich aus, wenn wir uns jetzt, wo der Zufall uns in den Kreis unserer Bekannten geführt, von demselben zurückziehen wollten. — Die Leute würden am Ende glauben, Du seist eifersüchtig — (etwas ernster) und das wäre beleidigend für mich.

Erwin (rasch). Nein! Nein! (Aufstehend, Idunens Arm in den seinen legend.) Ich werde ihnen nicht den geringsten Anlaß geben, dies zu vermuthen!

Iduna (befriedigt). Das ist vernünftig gesprochen! —

Erwin (ihre Hand streichelnd). Ich verspreche Dir h e u t e, auch vernünftig zu s e i n.

Iduna (lächelnd). Nur h e u t e?

Erwin (lächelnd). Ja, nur h e u t e! Denn morgen reisen wir ab.

Iduna (rasch). Dann werden sich die Leute über uns lustig machen!

Erwin (mit abwehrender Handbewegung). Sorge nicht, mein Engel! Ich habe mir einen herrlichen Vorwand ausgedacht! Ich schreibe sogleich an Zeno, und beauftrage ihn mich unverzüglich in die Residenz zu berufen — das Telegramm zeige ich der verehrten Gesellschaft, und dann — reisen wir ab!

Iduna (an Erwins Arm gegen links tretend, lächelnd). Sieh, sieh! Wie schlau Du dies ersonnen. — Auf diese Art ist unsere Abreise möglich!

Erwin (erfreut). Ja! auf diese Art ist sie möglich, und niemand soll sie verhindern! (Sind sprechend an die Thüre links gekommen.)

Siebenter Auftritt.

Vorige. Fanny sehr rasch durch die Mitte.

Fanny (eine Karte in der Hand). Herr Baron, Herr Baron — ich bitte!

Erwin (Idunas Arm loslassend, etwas ungeduldig). Was gibt es denn schon wieder? (Tritt ein paar Schritte vor.)

Fanny (ihm die Karte reichend). Ein Herr wünscht den Herrn Baron zu sprechen!

Erwin (verdrießlich). Gewiß wieder so ein Comité-Mitglied! (Liest die Karte). Was ist das! (Gibt Idunen die Karte.)

Iduna. Egon hier!?

Erwin (eilig, bewegt). Ja, er ist hier! (Unwillig zu Fanny.) Na — so gehen Sie doch! Führen Sie den Herrn herein; wer wird denn die Leute vor der Thüre stehen lassen!

Fanny (erschrocken). Zu dienen, Herr Baron! — ich gehe schon. (Rasch ab.)

Erwin (bewegt). Was soll das bedeuten? — — Egon kommt uns nach — obgleich er weiß, daß ich ihm zürne —

Iduna. Er will wohl sein Fernbleiben entschuldigen! —

Erwin. Für eine solche Unterlassungssünde gibt es keinen Entschuldigungsgrund.

Achter Auftritt.

Vorige. Egon.

Egon (durch die Mitte). Darf ein Schuldbewußter es wagen, diese Räume zu betreten? — (Bleibt in der Thüre stehen.)

Iduna (lächelnd). Der seine Schuld bekennt, Dem wird vergeben. (Tritt ihm einige Schritte entgegen, reicht ihm die Hand.)

Egon (eintretend). So habe ich mich denn nicht getäuscht, als ich auf Deine Fürsprache zu hoffen wagte, Iduna. — (Küßt ihre Hand.) Stehe mir bei — und helfe mir — den Zürnenden versöhnen — (Blickt auf Erwin, der sich an dem Tisch zu thun macht.) Erwin! Du hast keinen freundlichen Blick — keinen Gruß für mich? (Reicht ihm die Hand.)

Erwin (sich umwendend, ohne seine Hand zu nehmen). Du bist ein abscheulicher Mensch! —

Iduna (verweisend). Aber Erwin!

Erwin (zwischen Ernst und Scherz). Nun! Ist es vielleicht nicht abscheulich, wenn mein Bruder, nebstbei gesagt, er braucht es ja nicht zu hören, mein Lieblingsbruder, an dem schönsten Tage meines Lebens nicht zu mir kommt. — (Zu Egon, der ihm noch immer die Hand hinhält, sie ihm reichend, ohne ihn anzusehen.) Ach, geh! Ich bin böse —

Egon (Erwins Hand mit beiden Händen fassend). O! sag' das Wort nicht, Erwin! Es bringt mir in die Seele.

Erwin. Wirklich! Dann hättest Du mich eben nicht böse machen sollen —

Idnna (sich setzend, ladet Egon ein, ein Gleiches zu thun). Vor allem müssen wir hören, was Egons Kommen verhinderte.

Egon (sich setzend). Um Euch dies zu sagen, bin ich hier. Ich konnte mich nicht entschließen, Schloß Rehling zu verlassen, ohne ein längst gehegtes Vorhaben auszuführen. — An dem Tage, an welchem Ihr Euch die Hand zum ewigen Bunde gereicht — habe ich — — —

Erwin (gespannt, sich auf Egons Stuhllehne stützend). Hast Du — ?

Egon. Habe ich — von meinem Freunde Rehling die Hand seiner Tochter verlangt.

Idnna. Dacht' ich's doch!

Erwin. So etwas! Und das sagt er einem, wenn es schon geschehen ist! Ach geh! — jetzt bin ich erst recht böse! —

Egon (aufstehend). Nein, Erwin! das darfst Du nicht. Ich bin ja hergekommen, damit wir hier meine Verlobung feiern.

Idnna. Ist Fräulein Rehling hier?

Egon. Allerdings! Mit ihrem Vater und ihrer Erzieherin.

Erwin (empfindlich). Wenn Du schon verlobt bist, wozu eine zweite Verlobung feiern — das wäre ja unnöthig —

Idnna (leise zu Erwin). Sei nicht so unfreundlich, Erwin!

Egon. Ich bin es noch nicht. Nur des Vaters Jawort habe ich erhalten.

Erwin. Und das Mädchen? —

Egon. Weiß noch von nichts.

Idnna. Wie seltsam!

Egon. Seltsam ist diese Heirat überhaupt! Bin ich mir doch selbst nicht klar, ob ich Garda liebe, oder ob es nur das Mitleid ist, das mich zu ihr zieht.

Idnna. Das Mitleid? Ist sie denn unglücklich —

Egon. Wenn auch nicht geradezu unglücklich — so doch bedauernswerth, weil ihr Vater nur Sinn für die Freuden des Lebens hat! — —

Iduna (bewegt). Er liebt seine Tochter nicht —?

Egon. Er liebt sie — in seiner Art! — Zwischen den Renn- und Jagdpferden hat auch sie einen Platz in seinem Herzen.

Iduna. Welch ein Barbar!

Erwin (zu Iduna). Ich sagte Dir es doch, daß er ein leichtsinniger Mensch! —

Egon. Nicht eben leichtsinnig, aber leichten Sinnes, und eben deshalb habe ich mich entschlossen, Garda meine Hand zu bieten. Das arme Kind soll Schutz und Liebe in meinen Armen, an meinem Herzen finden.

Iduna (warm). Du bist gut und edel, Egon —

Erwin (für sich). Wie liebenswürdig sie mit ihm ist.

Egon. Ich meine es gut mit Garda; ich hoffe sie glücklich machen zu können — doch muß ich vor Allem wissen, ob sie mich liebt.

Iduna. Du weißt es noch nicht?

Egon. Ich weiß, daß sie mir herzlich zugethan, doch, ob sie mich lieben könnte — —

Erwin. Bist Du komisch! So frage sie!

Egon. Das mag Iduna thun.

Iduna. Ich bin ihr fremd —

Egon. Dein liebevolles, reizendes Wesen wird Dir gar bald Gardas junges Herz - und ihr Vertrauen gewinnen — Ist dies nur erst geschehen, dann wirst Du erfahren — ob sie mich liebt, und wenn sie's thut, nehm' ich die Braut aus Deiner Hand, (küßt ihre Hand) der lieben Hand, die ja nur Glück und Segen spenden kann. (Hält Idunas Hand.)

Erwin (für sich, mißmuthig). Weßhalb denn gar so zärtlich?

Iduna. Es soll mich herzlich freuen, wenn es mir vergönnt, Dir gute Botschaft zu bringen —

Egon (Idunas Hand haltend). Ich hoffe es, doch bitt' ich Dich vor Allem um Wahrheit, denn, wie schon gesagt, sie muß mich l i e b e n, Freundschaft allein genügt mir nicht.

Erwin (für sich). Wozu er nur immer ihre Hand hält! —

Iduna. Ja, ja! Du hast recht — besonders bei einem so jungen Wesen wie Fräulein Rehling — —

Egon (etwas verlegen). Jung und etwas eigenthümlich — (Läßt ihre Hand los.)

Erwin (für sich). Endlich!

Iduna. Eigenthümlich?

Egon (wie oben). Allerdings! Doch — Ihr werdet sie ja sehen — Ich will Garba und Rehling holen! (Zu Erwin.) Theodor freut sich sehr, Dich wieder zu sehen —

Erwin. Ich freue mich nicht darauf, denn nach Deinen Reden scheint er noch gerade so leichtsinnig wie früher.

Egon (nimmt seinen Hut). O ja! ganz unverändert! Der alte Taugenichts.

Erwin. Nun eben! (Für sich.) Der hat mir noch gefehlt zu All den Uebrigen, wenn der meine Iduna sieht! Dieses verwünschte Hôtel-garni — !

Egon (zu Iduna). Eben deshalb will ich Dich ja bitten, Dich Garbas freundlich anzunehmen! Das Mädchen ist gut und lieb — ihr fehlt nichts als die liebende Leitung einer edlen Frau —

Erwin. Freilich! Ich habe nur geheiratet, damit Du eine Erzieherin für Deine Braut bekommst! So etwas! —

Iduna (winkt Erwin).

Egon (lächelnd). Sei doch nicht so neidisch, Erwin! Die Sonne scheint ja dem König wie dem Bettler, warum sollte Idunas Zaubermacht nicht uns allen lächeln! —

Erwin (trocken). Du — mein lieber Freund, ich will Dir etwas sagen — hole in Gottes Namen Deine Braut, Iduna mag prüfen, wie es mit derem Herzen steht, was aber die Zaubermacht meiner Frau anbelangt, die werde ich schon selbst besingen — es ist gar nicht nothwendig, daß Du mir dabei behilflich bist, hörst Du, gar nicht nothwendig.

Iduna (winkt ihm).

Egon (lachend). Aber Erwin! Du bist ja eifersüchtig wie ein Türke!

Erwin. Eifersüchtig? O bewahre! Ich bin gar nicht eifersüchtig. — Gewiß nicht — Iduna — gewiß nicht.

Iduna (etwas ernster). Das hoffe ich, denn Du kennst meine Ansicht — Eifersucht ist beleidigend —

Erwin (rasch). Freilich — die ist beleidigend — sehr beleidigend! Deshalb bin ich auch nicht eifersüchtig — Ich bin nur n e i d i s c h !

Egon (lächelnd). Den Anschein hat es aber doch, als ob Du beides wärst, mein Lieber, und da wirst Du schwere Zeiten haben, — denn wenn Rehling Iduna sieht, — wird sein empfindsam Herz sogleich in hellen Flammen stehen.

Erwin (brummend). Ja! auf den wird sie warten.

Iduna. Ich bezweifle, daß er mich liebenswürdig finden wird, denn ich bringe diesem Herrn wenig Sympathie entgegen —

Egon (lächelnd). Wenn dem auch so! Du bist immer liebenswürdig, Du kannst gar nicht anders sein! (Küßt ihr die Hand.)

Erwin (für sich). Was der schwätzt.

Egon. Du bist die liebenswürdigste Frau, die ich jemals kennen lernte, Iduna —

Erwin (für sich). Das wird jetzt schon langweilig.

Egon. Und wäre mir nicht bekannt gewesen, wie innig Dich Erwin liebt, hätte ich selbst um Dich geworben.

Erwin (zornig lachend). Das hätte ich Dir rathen mögen —

Iduna (lächelnd). Und wenn er Dich nicht gefragt hätte!? Was dann? —

Erwin (nimmt Idunas Arm, legt ihn in den seinen lächelnd). Dann hätte er Dich fragen müssen und Du würdest ihm nein gesagt haben, weil Du keinen Andern gewählt haben würdest, als mich!

Egon (lachend). Er kennt seinen Werth.

Iduna (lachend). Sieh! Wie er schon verwöhnt ist.

Egon (im Abgehen). Ja, ja! verwöhnt vom Glück. Du bist ein beneidenswerther Mensch, Erwin! Wenn man Deine Frau sieht, verliert man alle Lust, eine andere zu nehmen —

Erwin (scherzhaft drohend). Du! Jetzt wird mir aber der Scherz bald zu viel!

Egon. Ich gehe schon — aber wahr ist es doch! (ab)

Erwin. Ist das ein Narr! Kommt daher und besingt Deine Eigenschaften; als könnte ich das nicht selbst thun — Solch ein Einfall! — (Zieht sie an sich.) Du gehst gar Niemand etwas an als mich — nur mich —

Iduna (ihn groß ansehend). Habe ich Dir nicht gesagt, Du darfst nicht eifersüchtig sein —

Erwin (lakonisch). O, ich bin auch nicht eifersüchtig (lächelnd). Ich bin neidisch — das ist ganz etwas anderes — neidisch sein! (Küßt sie.)

Idnna (die Arme um seinen Hals schlingend). Du bist komisch!
Erwin (zärtlich). Und Du bist reizend — so reizend! — Ach! — — (Es wird geklopft).
Erwin (Idnna auslassend, zornig). Das ewige Klopfen! herein!
Idnna (lachend, für sich). Eine schöne Einsamkeit!

Neunter Auftritt.

Vorige, Demelli, durch die Mitte.

Demelli (ältliches Fräulein, sehr gesprächig, süßlich, schmeichelnd). Frau Baronin, meinen alleruntertänigsten Respekt! Herr Baron, meine unbegrenzte Hochverehrung —
Idnna. Guten Tag, liebe Demelli! (setzt sich).
Erwin. Guten Tag, Fräulein —
Idnna. Wollen Sie nicht Platz nehmen?
Demelli (setzt sich). Ich will Sie gar nicht lange aufhalten, da ich weiß, daß uns das Glück zu theil wird, Sie beim Diner zu sehen.
Idnna. Ja — mein Mann —
Demelli. Hat zugesagt, ich weiß es —Laurentius hat es mir erzählt, er war ganz selig, der gute Laurentius, wirlich ganz selig. — Frau Baronin wissen ja, welche Hochverehrung der junge Mann für Sie hegt. Der Herr Baron müssen es ihm schon nicht übel nehmen, der arme Junge, er weiß sich eben nicht zu helfen.
Erwin (setzt sich). O bitte! —
Demelli. Er war so sehr an die Frau Cousine gewöhnt; er und Kora. Die arme Kleine! — Als die Frau Baronin fortreisten, war sie gar nicht zu trösten. Doch jetzt ist alles wieder gut. Der Himmel hätte uns wirklich keine größere Freude bereiten können, als uns hier zusammen zu führen.
Erwin (für sich). Mir auch nicht! —
Idnna. Ja! Es ist ein merkwürdiger Zufall.
Demelli. Ein Fingerzeig des Himmels, Frau Baronin; das Schicksal will nicht, daß Sie uns verlassen — Sie sollen sich nicht mehr von uns trennen.
Erwin (für sich). Das könnte mir fehlen!
Demelli. Und gar jetzt, wo uns Ihre Hilfe und Ihr Rath so unentbehrlich sind. —

Iduna. Mein Rath?

Erwin (für sich). Was wollen denn die schon wieder!

Demelli. Ja, Frau Baronin! Sie allein können der armen Kora helfen —

Iduna (theilnehmend). Was ist ihr denn geschehen?

Demelli. Laurentius will sie verheiraten.

Erwin (aufstehend). Das läßt sich hören!

Iduna. Erwin!

Erwin. Nun — die Ehe ist doch die Bestimmung eines Mädchens — und wenn er, als Bruder —

Demelli. Verzeihen, Herr Baron, allein ich meine, eine Heirat ist ein zu delikater Gegenstand, um ihn nur so geschäftsmäßig zu besprechen.

Erwin. Besprechen wir ihn nicht — ist mir auch recht!

Demelli. O bitte! Mißverstehen der Herr Baron mich nicht, ich meinte das nicht in diesem Sinne — ganz im Gegentheile! Ich bin ja hieher gekommen, um Ihnen Beiden all' meine Sorgen, Leiden und Bekümmernisse darzulegen — (Rückt etwas näher zu Iduna.) Hören Sie mich in Gnaden an.

Erwin (setzt sich neben Iduna, für sich). Wenn es sein muß.

Demelli. Wie den Herrschaften bekannt, hat Laurentius einen Freund, den jungen Wallrott —

Erwin (rasch). An den will er seine Schwester verheiraten.

Demelli (erstaunt). Der Herr Baron wissen —?

Erwin. Ich konnte mir es vorstellen.

Demelli (schwärmerisch). Der junge Wallrott liebt die kleine Kora — diese aber —

Erwin (trocken). Mag ihn nicht —

Demelli (immer erstaunter). Auch das wissen der Herr Baron?

Erwin. Hm, Hm! Auch das ---

Demelli (schwärmerisch). Koras junges Herz kennt nur ein Gefühl, die Liebe zu Ihnen, Frau Baronin —

Erwin (für sich, eben so schwärmerisch). Dem Himmel sei's geklagt! —

Demelli. Sie hat mir erklärt, sie wäre nur im Stande den Mann zu lieben, der Sie, Frau Baronin liebt und dem Sie gefallen.

Iduna (etwas unwillig). Ah! Die Schwärmerei Koras wird nahezu krankhaft! — Welch toller Gedanke — ein Mann, dem ich gefalle! —

Erwin (lachend). Iduna! die verliebt sich am Ende noch in mich!

Demelli. Die Ueberspanntheit der Kleinen geht soweit, daß sie selbst ihre Meinung über Doktor Kanttus, welcher ihr früher zuwider gewesen, geändert und jetzt sehr für ihn eingenommen, und zwar einzig deßhalb, weil er sich ihr gegenüber äußerte, er fände Baron Selbenberg den glücklichsten Mann auf Erden, da er die reizendste Frau sein eigen nenne!

Erwin (aufspringend). Ah! Da muß ich bitten — Was geht den Schwätzer meine Frau an!

Iduna (ihn auf den Sessel ziehend). Sei so freundlich, ruhig zu bleiben — (lachend) Du bist bald wie Kora —

Demelli (lachend). Derlei Aeußerungen könnte ich dem Herrn Baron gar viele erzählen — da hat zum Beispiel Max Kronenhelm gesagt —

Iduna (sie unterbrechend). Lassen wir das, was die Leute sagen, liebe Demelli —

Erwin (näher zu Demelli rückend). Lassen wir es nicht — Ich kann nicht zugeben, daß diese jungen Herren Bemerkungen über meine Frau machen —

Iduna (für sich). Die hat noch gefehlt — (laut) Erwin, ich bitte Dich —

Erwin (freundlich, aber entschieden). Entschuldige, meine liebe Iduna — Du weißt, ich bin jederzeit bereit, Deine Wünsche zu erfüllen, allein in dem Falle muß ich meinen eigenen Gefühlen Rechnung tragen — (rasch zu Demelli) Was hat Herr Kronenhelm gesagt? (energisch) Ich bitte, was hat er gesagt! Nun?

Demelli (befangen). Mein Gott! Herr Baron — gar nichts unrechtes — Als Sie abreisten und Niemand wußte wohin, machten einige der Herren Bemerkungen —

Erwin (erregt). Bemerkungen — ?

Iduna (winkt ihm).

Demelli (ohne auf ihn zu achten) — und da sagte Max Kronenhelm: „Ich finde es ganz begreiflich, daß der Baron seine schöne Beute in Sicherheit bringt, er fürchtet eben die Neider"!

Erwin (ruhig, vornehm). So! Diese jungen Herren scheinen also zu glauben, ich sei in diese einsame Gegend gereist, um meine Frau vor ihren früheren Bewerbern zu verbergen! Hm — (Aufstehend, seinen Zorn gewaltsam niederkämpfend.) Da kann ich dem Schicksale, welches die ganze Gesellschaft gerade hieher geführt, ja wirklich nur dankbar sein — wenigstens wird mir Gelegenheit, den Leuten zu beweisen, daß ich keineswegs der Mann bin, der seine Beute in Sicherheit bringt. (Innig mit Stolz.) Iduna ist aus freiem Antrieb, aus Liebe die Meine geworden, und ich habe Gottlob keinen Grund, ihren Anblick der Welt vorzuenthalten! Ich fürchte die Neider nicht — und kümmere mich nicht um dieselben.

Demelli (steht auf, sieht erschrocken auf Iduna). Ach, Herr Baron —

Iduna (ist aufgestanden, tritt zu Erwin, bittend, weich). Erwin, ereifere Dich nicht.

Erwin (aufseufzend, galant Idunas Hand ergreifend). Ich habe mich ein bischen warm geredet — Verzeih' es mir — Iduna — (lächelnd) Es soll nicht wieder geschehen — Aber — (wieder lebhafter) der Gedanke, daß man Dich in eine Reihe mit jenen Frauen setzen könnte, die man bewachen muß, um sie zu bewahren — der — der raubt mir die gewohnte Ruhe — die Fassung!

Demelli (zögernd). Ach Gott! Herr Baron — man plauderte eben so — zürnen Sie mir nur nicht, daß ich es erzählte —

Erwin (liebenswürdig). Ganz im Gegentheile, mein Fräulein; ich bin Ihnen sehr **dankbar** dafür! — Der kleine Zwischenfall wird mir eine heilsame Lehre sein. Er zeigt mir, daß es nicht genüge, einer Frau unbedingtes Vertrauen zu schenken, sondern daß man ihr dasselbe der Welt gegenüber auch **beweisen** muß — sowie er mich auch ferner lehrt, daß ein älterer Mann, der eine schöne, junge Frau sein eigen nennt, sich vor Allem davor zu hüten hat, sie vor der Welt zu verbergen, — weil die Leute stets geneigt sind, das Uebele zu glauben, für des Menschenherzens heiligste Gefühle kein Verständniß haben. — Doch genug davon — Geh' Dich jetzt zum Feste schmücken, meine Iduna — Laß Deine Schönheit im vollen Glanze scheinen; stolz will ich Dich in den Kreis all jener führen, die Dich einst bewundert haben, und ihnen dadurch zeigen, daß ich meine Beute nicht in Sicherheit bringen will, und Gottlob auch keine Neider fürchte. (Rechts ab.)

Iduna (spricht leise mit Demelli, von ihr gefolgt nach links).

(Ende des ersten Aktes.)

Zweiter Akt.

Decoration wie im ersten Akt.

Erster Auftritt.

Idunn von links, gleich darauf Erwin von rechts.

Idunn (Fächer und Handschuhe auf den Tisch legend, vor den Spiegel tretend). So; Toilette wäre gemacht. — Ich wählte das Kleid, welches ich trug, als wir uns verlobten — Ob Erwin es bemerken wird — — Wer weiß? Er war so aufgeregt, wie ich ihn noch niemals gesehen! Das die Demelli aber auch immer plaudern muß! Ah, da ist er!

Erwin (reicht Idunen eine Rose). Wie reizend Du aussiehst! Dieses liebe Kleid, das Du an jenem schönen Tage trugst — als Du mir Dein erstes — süßes „Ja" gesagt —

Idunn. Ist es Dir recht, daß ich es heute gewählt?

Erwin (ein wenig gezwungen, aber liebenswürdig). Oh gewiß! Ich bat Dich ja ausdrücklich, Dich auf's Beste zu schmücken.

Idunn (zärtlich, sich an ihn schmiegend). Armer Erwin! Du dauerst mich —

Erwin (erstaunt). Wie das? Bin ich nicht der glücklichste aller Menschen, wenn ich Dich umschlungen halte! —

Idunn (lächelnd). Die garstige Gesellschaft da drüben —

Erwin. Oh! Die soll mir mein Glück nicht vergällen —

Idunn. Du hast Dich dennoch erzürnt.

Erwin. Es war thöricht von mir — Ich hätte nicht zürnen, ich hätte mich freuen sollen, kann ich ihnen doch stolz entgegen treten all' diesen mißgünstigen jungen Herren, und Dich an meinem Arme führend, sagen: diese Perle, sie ist mein; — (Legt ihren Arm in den seinen, tritt mit ihr vor den Spiegel.) Wie schön Du aussiehst, wenn Du Dich so an mich schmiegst! (Plötzlich zornig werdend.) Oh diese Elenden! Weißt Du, was sie sagen werden, wenn wir zusammen erscheinen — „junger Epheu an einer alten Eiche"! —

Idnna (den Kopf an seine Schulter legend). Und wenn sie's sagen! Was liegt daran! was wär' des Epheus Loos, wenn ihm die Eiche fehlte? Selbst haltlos, müßt' er sich längs des Bodens schlängeln, wo des Wanderers Fuß ihn nur zu bald zerträte; sich rankend aber an der strammen Eiche strebt er mit ihr vereint dem Himmel zu!

Erwin. Du verstehst der Menschen Bosheit poetisch auszudeuten.

Idnna. Die Bosheit der Menschen kann uns nichts anhaben, wenn wir uns bemühen, sie von der günstigen Seite zu betrachten und Alles im freundlichen Lichte zu schauen.

Erwin. Ja, das thust Du, und deshalb darf ich es auch den andern nicht verargen, wenn sie alle, in Deinen Zauberbanden liegend — mich, den Glücklichen, um Dich beneiden! —

Idnna. Du sollst es ihnen nicht verargen, vor Allem aber, Dir nichts daraus machen! Du weißt ja, daß sie Alle für mich nicht mehr vorhanden sind. Ich werde hinübergehen, mit Ihnen plaudern, lachen und tanzen — meine Gedanken aber, die bleiben bei Dir.

Erwin (sie entzückt betrachtend). Ja! (Seufzend.) Mit ihnen plaudern, lachen, tanzen. (Rasch.) Ja freilich, ja! das wirst Du thun —

Idnna (lächelnd). Du wünschest es doch?

Erwin (sich fassend.) Natürlich, wünsche ich es — Natürlich! —

Erwin. Wir gehen hinüber, wir m ü s s e n gehen! (Drückt auf eine auf dem Tisch stehende Klingel.) Fanny mag Dir Deinen Hut geben.

Idnna (für sich). Er will sich kopfüber in die Fluthen stürzen —

Erwin (ist zum Fenster getreten). Da kommt Egon, mit seinen Freunden!

Zweiter Auftritt.

Vorige, Fanny von links, Adam, Egon, Rehling, Garda aus der Mitte.

Fanny. Die Frau Baronin befehlen?

Idunna. Hut und Mantille —

Fanny. Zu dienen Frau Baronin! (Geht ab, kehrt mit dem Verlangten wieder, legt es auf den im Hintergrunde befindlichen Tisch und geht ab.)

Adam (die Thüre öffnend). Bitte nur einzutreten, Herr Baron!

Egon (mit Garda am Arm). Erlaubt mir, Euch Garda von Rehling, mein holdes Pathenkind, vorzustellen.

Idunna. Ich bin herzlich erfreut, Sie bei uns zu sehen! (Reicht Garda die Hand).

Garda (sehr junges Mädchen, Lodenrock und Jacke, kurz gelocktes Haar, runder Filzhut mit Adlerfedern, hohe Faltenstiefeln, macht sich gleich in der Thüre von Egons Arm los). Laß mich los! (Zu Idunnen, ihr derb die Hand schüttelnd.) Es ist mir auch recht angenehm, Sie kennen zu lernen. Pathe Egon hat mir schon so viel von Ihnen erzählt, daß ich es auswendig kann. — (An den Fingern herzählend.) Sie sind schön, geistreich, liebenswürdig, gemüthvoll, wohlerzogen eine musterhafte Hausfrau, Gattin, Freundin, Tante, Nichte u. s. w. u. s. w. u. s. w. — —

Idunna (lächelnd). Mein Schwager scheint so viel Günstiges von mir erzählt zu haben, daß es mir schwer werden dürfte, mich all' seiner Beschreibungen würdig zu zeigen.

Erwin und Rehling begrüßen sich, stehen im Hintergrunde und plaudern.

Garda (lachend). Oh, fürchten Sie sich nicht! (vertraulich) Ich habe ihm ja nicht Alles geglaubt; ich habe schon gemerkt, wo er hinaus wollte — (zutraulich, näher zu Idunna tretend.) Wenn er mit meinem Benehmen nicht zufrieden ist, was, nebenbei gesagt, ziemlich h ä u f i g vorkommt, dann heißt es immer „da solltest Du Idunna sehen" — (Achselzuckend.) Endlich wurde mir die Geschichte langweilig und ich sagte, „Na, gut! Ich werde mir sie ansehen" — und — nun sind wir da!

Idunna. Da werden sie mir wenig Neigung entgegenbringen; man liebt die Leute nicht, die einem stets zum Vorbilde gegeben werden.

Garda. Sie können ja nicht dafür, daß Pathe Egon so entzückt von Ihnen ist, weßhalb sollten Sie es entgelten? (Geht zum Tisch, sieht den Fächer an.)

Idvna (lächelnd). Das ist richtig. (Für sich.) Sie scheint Gerechtigkeitsgefühl zu haben. (Tritt Rehling entgegen.)

Egon (vorstellend). Mein Freund Rehling!

Rehling (auch im Jagdkostüme; ganz Lebemann). Frau Baronin, ich fühle mich unendlich glücklich, die Dame kennen zu lernen, welche Freund Erwins Lebenspfad mit Rosen schmücken will und der es überdies gelungen, sich das Herz ihres Schwagers so *vollständig* zu eigen zu machen —

Erwin (für sich). Mein Herr Bruder scheint von meiner Frau völlig geschwärmt zu haben.

Idvna (setzt sich, ladet Rehling ein, ein gleiches zu thun). Da sowohl mein Gatte als auch Egon mir schon Vieles von Ihnen erzählten, sind wir uns nicht mehr fremd.

Rehling. Ich wünsche nur, daß Egon mir Gutes nachgeredet habe, er hat zuweilen eine böse Zunge.

Garda (mit dem Fächer spielend). Ja, das ist wahr!

Egon (zu ihr tretend). Wie, Garda! Du nimmst gegen mich Partei?

Garda. Partei nehmen? O nein! Ich sage nur die Wahrheit.

Erwin. Das ist schön von Ihnen!

Garda (sieht ihn groß an). Das ist doch natürlich. (Zu Egon.) Der Herr ist wohl Dein Bruder?

Egon. Verzeih! Ich vergaß ihn Dir vorzustellen.

Garda. O! es macht nichts! Ich konnte mir es ja denken — (Reicht Erwin die Hand.) Von Ihnen habe ich auch schon gehört — Egon hat erst heute erzählt, Sie seien eifersüchtig wie ein Türke. (Lacht.)

Erwin (etwas empfindlich). Glauben Sie nicht, was mein Bruder spricht, er hat eben, wie Rehling sagte, eine böse Zunge.

Garda (bedauernd). Sie sind nicht eifersüchtig? Das ist schade! Es wäre possierlich gewesen; ich sehe so gerne recht eifersüchtige Leute, sie sind unterhaltend.

Erwin (für sich). Possierlich! Welch' ein Ausdruck!

Garda. Ach! Jetzt habe ich den Fächer zerbrochen.

Rehling. Aber Garda, wie unvorsichtig —

Idvna. Es hat nichts zu bedeuten.

Garda (zu Idvna). Na! Seien Sie mir nicht böse — ich schenke Ihnen einen andern —

Egon (erschrocken). Aber Garda!

Garda. Weßhalb denn nicht —? (Zu Jduna.) Ich habe prachtvolle Fächer — mit Perlen, Gold, Elfenbein und was weiß ich was Allem. (Setzt sich vor Jduna auf den Tisch.)
Erwin (schiebt ihr ein Fauteuil hin).
Garda (es bemerkend). O, ich danke, ich sitze ganz gut! (Zu Jduna, fortplaudernd.) Ich habe auch schönen Schmuck, Armbänder, Ringe, Diademe — wenn Sie uns besuchen, werde ich Ihnen Alles zeigen, und Ihnen schenken, was Ihnen gefällt —
Jduna (lächelnd). Zu gütig!
Garda. Ich gebe es Ihnen vom Herzen gerne; ich habe entsetzlich viel solches Zeug, und halte nichts darauf — Ich trage niemals Schmuck.
Jduna. Wenn Sie einmal verheiratet sind — — —
Garda (entschieden). Dann werde ich ihn auch nicht tragen! Entweder ich gefalle meinem Manne, dann ist dies auch ohne Schmuck der Fall, oder — ich gefalle ihm nicht — dann hilft auch kein Geschmeide.
Rehling (lächelnd, zu Egon). Wie klug sie spricht.
Jduna. Da haben Sie allerdings recht, allein es ist eben Sitte.
Garda. Ich frage niemals danach, was Sitte ist; ich thue, was mir recht erscheint, was mir bequem ist — —
Jduna. Das geht wohl an, so lange Sie in ihres Vaters Hause —
Garda. Ich werde immer bei Papa bleiben.
Rehling (für sich). Das könnte mir fehlen.
Jduna. Sie wollen sich nicht verheiraten?
Garda (die Ellbogen auf's Knie, das Kinn in die Hand stützend. Mich verheiraten? — Ich glaube kaum; wer weiß, ob ich einen Mann finde, wie ich ihn wünsche!
Egon (lächelnd. Nun? Wie müßte der aussehen?
Garda (lachend) Wie Du gewiß nicht, Pathe Egon!
Erwin (für sich). Das war deutlich.
Rehling. Garda! Das war unhöflich!
Garda (springt vom Tisch). Ich werde Pathen Egon doch keine Schmeicheleien sagen!
Egon (leise zu Jduna) War das ein Scherz?
Jduna (tröstend). Natürlich! Was denn sonst — (Für sich.) Es klang verzweifelt aufrichtig! — (Steht auch auf.)
Garda (zum Fenster tretend). Papa! Papa! —

Rehling (der auch aufgestanden). Was schreist Du denn so?

Garda (jubelnd). Sieh nur Papa! Da ist Almanzor und Zelim, und Bella ist auch dabei. Mein Almanzor, mein süßer Almanzor. — (Eilt gegen die Thüre.)

Erwin (erstaunt, für sich). Was hat sie plötzlich? —

Egon (auch zum Fenster tretend). Richtig, Almanzor und Zelim!

Garda. Ich muß zu ihm! Zu meinem Almanzor! (Durch die Mitte ab.)

Iduna (zu Rehling). Dieser so freudig begrüßte Almanzor ist wohl der Jagdhund Ihrer Tochter?

Rehling. Nein! Es ist ihr Reitpferd —

Iduna. Ah! Das Fräulein reitet —?

Rehling (entzückt). Wie eine Kunstreiterin!

Erwin (für sich). Charmantes Kind!

Egon. Ich werde Garda folgen —

Rehling. Thue das, mein Freund! Sonst reitet sie uns davon; — und die Pferde sollen herumgeführt werden — sie sind warm — sie müssen herumgeführt werden!

Egon (gegen die Mitte). Ja — ja, schon gut! (Zu Erwin und Iduna.) Adieu indessen! (Eilt ab.)

Rehling (tritt zum Fenster, bewegt). Dacht ichs doch! sitzt schon auf dem Pferd.

Iduna. In dem Costume?

Rehling. O! Das genirt sie nicht —

Idnna (auch beim Fenster stehend, ängstlich). Das Pferd ist nicht gesattelt — Garda wird herabfallen!

Erwin (für sich). Ist das ein Wildfang!

Rehling. Des Herabfallens halber wäre ich nicht besorgt, aber die Pferde sollen langsam herumgeführt werden, damit sie sich abkühlen. — Garda ist so leichtsinnig, sie denkt nie an die Pferde! (Sich verbeugend). Sie verzeihen, ich muß selbst nachsehen! Sie ist zu leichtsinnig! (Rasch ab.)

Erwin (kopfschüttelnd). Er ist besorgter um seine Pferde, als um seine Tochter! Der liebenswürdige Papa! —

Idnna (blickt unverwandt zum Fenster hinaus). Ah! Sie wird doch herabfallen!

Erwin (auch zum Fenster tretend). Ich kann gar nicht begreifen, wie Du Dich für dieses Mädchen so interessiren kannst.

Iduna (ohne auf ihn zu achten). Der Reitknecht führt das Pferd — das Gebüsch verdeckt es mir; ich kann es nicht mehr sehen — (tritt vom Fenster weg).

Erwin (ihr folgend). Ein wahres Glück! Du bist ja förmlich aufgeregt.

Iduna. Wie soll ich nicht! Wenn Garda so waghalsig ist!

Erwin. Was geht es Dich an! Ich reite nicht, und nach den andern sollst Du nicht fragen!

Iduna. Du bist gar nicht egoistisch!

Erwin. Muß ich es nicht werden, wenn mich das Schicksal so herb verfolgt. Nicht genug an dem, daß uns Kora nachgekommen, kommt auch noch Egon mit Nehlings daher — und wir können nicht einmal abreisen, sonst sagen die jungen Herren wieder, ich wolle meine Beute in Sicherheit bringen.

Iduna. Abgesehen von den Bemerkungen der Gesellschaft, sind wir Egon die Rücksicht schuldig, hier zu bleiben.

Erwin. O! Das nicht! Er kam nicht zu unserer Hochzeit —

Iduna (einfallend). Eben weil Du ein wenig in Unfrieden mit ihm warst, kannst Du seinen Wunsch bezüglich Gardas nicht verweigern.

Erwin. Diese kleine Kunstreiterin —

Iduna (weich). Schilt das Mädchen nicht, Erwin! Traurig genug für dasselbe, daß es so wenig Erziehung genossen hat.

Erwin. Ja — ja! Ganz recht — aber — für uns, ist es auch traurig, sehr traurig.

Iduna. Die Kleine scheint Verstand und Gemüth zu haben — ich werde mich ihrer nach Kräften annehmen, vielleicht gelingt es mir, ihre eigenthümlichen Sitten zu verbessern.

Erwin (seufzend). Du bist also ernstlich entschlossen, Dich der Erziehung junger Damen zu widmen! Das wird eine recht hübsche Unterhaltung werden! Die zärtliche Kora, die muthwillige Garda! Charmant, wirklich charmant! Das wird ein angenehmer Aufenthalt, ganz wie ich ihn wünschte.

Iduna (ihren Arm um Erwins Hals schlingend). Sei nicht engherzig, Erwin! Sieh, wir sind so glücklich durch unsere Liebe! Sollen wir dem Geschick nicht unsern Dank beweisen, indem wir auch Andere glücklich machen!?

Erwin (entzückt). Du bist so gut und edel, Iduna, und ich, ich bin ein Egoist! — Aber ich werde mich bessern!

Idnna. Beweise es mir, indem Du mir behilflich bist, Gardas Gefühle zu erforschen.

Erwin. Ja, recht gern. Aber — hältst Du diese Heirat für wünschenswerth?

Idnna. Das gerade nicht, allein, da Egon die Kleine versorgt sehen will — — —

Erwin. Vielleicht fände sich ein Anderer — es sind ja so viele heirathslustige Herren drüben im Schloß, es müßte ja nicht gerade Egon sein — etwa der Kanttus — —

Idnna. Ach! der Kanttus — der hat doch stadtbekannte Beziehungen zu der Alben — und dann überhaupt — — da Egon sich so rasch entschlossen, Gardas Gatte zu werden — scheint ihm das Mädchen doch zu gefallen —

Erwin. Du kennst Egon! Er hat ein empfindsames Herz, er bedauert das Mädchen und bildet sich nun ein, es zu lieben! Und — Garda paßt nicht für ihn — (entschieden) g a r nicht! Da wäre es noch besser, er nähme Kora —

Idnna (plötzlich von einem Gedanken erfaßt). Kora?! Ja, Du hast recht, Erwin! — Kora wäre eine gute Frau für Egon — und — er gefällt ihr — das weiß ich! —

Erwin (vergnügt). Da mag er sie nehmen — die gute Kora! Hoffentlich schwärmt sie dann weniger für Dich —

Idnna (sich von ihm abwendend). Du bist abscheulich! Nun glaubte ich, Du seiest voller Theilnahme —

Erwin. Das bin ich auch, — aber es denkt doch der beste Mensch auch ein wenig an sich! —

Idnna. Du denkst s e h r v i e l an Dich.

Erwin (sie an sich ziehend). An mich? — Nein, Idnna, das nicht. Aber an D i c h — immer und ewig — nur an D i c h!

Dritter Auftritt.

Vorige. Garda durch die Mitte.

Garda (athemlos). Gut, daß ich Sie treffe, Baronin — ich habe sehr dringend mit Ihnen zu sprechen.

Idnna. Was ist denn vorgefallen?

Erwin. Ist vielleicht dem Almanzor etwas geschehen?

Garda. Almanzor! Oh nein! Der ist ganz wohl.

Erwin. Ah! Das freut mich! —

Garda (reicht ihm die Hand). Ich danke Ihnen für Ihre Theilnahme; Sie sind ein guter Mensch.

Erwin (verneigt sich).

Garda (zu Iduna). Auch Sie machen einen recht vertrauenerweckenden Eindruck auf mich — deßhalb komme ich auch zu Euch, um mich in Euren Schutz zu geben.

Erwin.
Iduna. } In unsern Schutz? (Winken sich zu.)

Garda. Ja! Papa verfolgt mich nämlich — er widerspricht mir —

Erwin. Was Sie sagen! Das ist empörend! —

Iduna (lächelt).

Garda (eifrig zu Erwin). Empörend! Das ist das richtige Wort! Denken Sie nur! Ich habe seit 10 Jahren eine Erzieherin! —

Erwin (für sich). Ah! Die Erzieherin.

Garda. Eine prächtige Person, die mich auf den Händen trägt und alles thut was ich will — Die Schwester derselben ist Haushälterin in Nehling und diesen Sommer über in einem Badeort. Mit Almanzor kam auch mein Reitknecht an, der die Nachricht brachte, Brigitte, so heißt die Haushälterin, sei lebensgefährlich erkrankt. Natürlicherweise wollte Fräulein Sofie, meine Erzieherin, sogleich zu ihrer Schwester reisen, was ich ihr auch erlaubte. —

Erwin. Nun also — wenn Sie es ihr erlaubt haben —

Garda. Sogleich! (Zu Iduna.) Es wäre ja unmenschlich — wenn die Schwester krank ist —

Iduna. Ganz richtig!

Garda. Papa war natürlich auch einverstanden, und so war die Sache abgethan —

Erwin. Worüber sind Sie also aufgebracht?

Garda. Warten Sie nur, das kommt schon — Im Schlosse drüben wohnt eine bekannte Dame, nebstbei gesagt, eine mir sehr zuwidere Person. Kaum war Fräulein Sofie fort, kam Papa mit der Dame am Arm auf mich zu, sie begrüßte mich auf das freundlichste, und bot mir an, ich sollte bei ihr wohnen, und sie wolle mich in ihren Schutz nehmen. — Ich sagte, daß ich keines Schutzes bedürfe, da ja Papa und Pathe Egon mit seien; da plapperten aber Papa und der Pathe gleich drein und meinten, ein junges Mädchen könne nicht mit Herren bleiben.

Erwin. Daß diese Väter und Pathen aber auch immer mitreden müssen! Das ist sehr unbequem! —

Garda (seufzend). Das finde ich auch! Eine Weile ließ ich sie reden, als sie mich aber allen Ernstes aus meinem Zimmer ausquartieren wollten, da riß ich aus — lief herüber und nun gehe ich nicht mehr von Euch fort — (Die Hände faltend, wie ein Kind bittend.) Nicht wahr! — Ihr werdet mich bei Euch behalten? Ich mag nicht zu der abscheulichen Alden — (fast weinend). Papa und Egon sind beide so entzückt von ihr, und ich — hasse sie!

Erwin (für sich). Ah! Steht es so? — Weil Egon entzückt ist — hm, hm! Also doch!

Iduna (weich auf Erwin blickend). Arme Kleine!

Erwin (ihren Blick verstehend, freundlich). Wenn Papa es erlaubt, unterliegt es wohl keinem Zweifel, daß Sie bei uns bleiben.

Iduna (reicht Erwin, von Garda unbemerkt, die Hand).

Garda. Die Hauptsache ist, daß Ihr mich behalten wollt — Papa wird zufrieden sein, wenn er mich nicht sieht; (drohend) denn der weiß schon, daß er nun zu mindest vierzehn Tage kein freundliches Wort von mir zu hören bekommt! Der Einfall, — mich zu der Alden geben zu wollen —

Iduna. Was haben Sie gegen diese Dame —?

Garda (kleine Pause, dann rasch). Ich mag Sie nicht —

Iduna (lächelnd). So sagten Sie bereits — darf man den Grund dieses Widerwillens kennen?

Garda. Den Grund, hm — ja — (rasch) Ich will ihn sagen, aber jetzt nicht — ein ander mal! (Nimmt sie bei beiden Händen.) Ich werde Ihnen überhaupt noch gar manches erzählen. — Ich fühle mich so sehr zu Ihnen hingezogen!

Iduna (freundlich). Das freut mich!

Garda (Erwins Hand fassend, Idunas Hand haltend). Auch Sie gefallen mir — Sie sehen so gemüthlich aus! —

Erwin (lächelnd). Ich bin auch gerade kein Bösewicht!

Garda (beider Hände haltend, von einem zum andern blickend). Ich denke, wir werden uns recht gut verstehen!

Erwin. Ich hoffe, daß wir nicht Krieg führen werden.

Garda (lachend). Gewiß nicht! Ich werde folgsam sein, wie ein Kind. (Mit plötzlichem Einfall). Wie Euer Kind! Spielen wir, nehmt mich zu Eurem Kind — Ein Ehepaar ohne Kind ist ohnedies langweilig!

Idvna (lächelnd). Gut, Sie werden unser Kind sein!

Garda (lebhaft). Herrlich! Herrlich! Aber zu einem Kinde sagt man nicht Sie! Ihr müßt mir Du sagen und ich sage Papa — Mama. — (In die Hände klatschend.) Ach, wie wird das lustig sein!

Erwin (wider Willen lachend). Was wird aber der wirkliche Papa sagen? —

Garda (schmollend). Der wird abgesetzt, weil er schlimm war, er soll sich seine Frau von Alden behalten. (Auf Idvna blickend.) Ach, das habe ich jetzt nicht sagen wollen. —

Erwin (für sich). Also des Papa halber die Eifersucht!

Idvna. Wenn Du unser Kind sein willst, darfst Du auch keine Geheimnisse vor uns haben.

Garda (freudig). Das will ich auch nicht! Wird es mir doch so leicht um's Herz sein, wenn ich Euch alles, alles sagen darf, meiner süßen Mama, meinem guten Papa!

Erwin (wohlgefällig, für sich). Mama! Papa! — Wie hübsch das klingt!

Idvna. Du sollst aufrichtige Theilnahme bei uns finden, Garda — Ich will Dir eine Freundin — (mit Bedeutung) eine Schwester sein!

Garda. Und ich Dir ein dankbares Kind, Mama! (Küßt sie.)

Idvna. Und wenn ich einmal strenge sein will? Was dann — Garda?

Garda. Streng? Hm! Da es mir neu ist, wird es mir auch Spaß machen — (zu Erwin.) Wirst Du auch streng sein, Papa?

Erwin. Wenn Sie schlimm sind, gewiß!

Garda (klagend wie ein Kind). Der Papa hat Sie gesagt —

Idvna. Ach! Der Papa muß Du sagen —

Erwin (etwas verlegen). Soll ich wirklich?

Idvna (lächelnd). Weßhalb denn nicht — da Garda Egons Pathchen —

Garda. Richtig! Egon ist mein Pathe, somit ist die geistige Verwandtschaft hergestellt. —

Erwin (winkt Idunen, lachend). Heiraten Sie meinen Bruder, dann können wir uns Du sagen.

Garda (lachend). Den Pathen Egon soll ich heiraten? Da sage ich noch lieber Sie zu Ihnen!

Iduna. Hast Du Egon denn nicht lieb? —

Garda. Lieb? Oh ja! Lieb hab' ich ihn schon! So — was man sagt — recht lieb! Aber — (lächelnd) das ist zum Heiraten doch viel zu wenig — (Zieht ihre Jacke aus, nimmt ihren Hut ab, legt beides auf den Tisch rechts. Sie hat eine weiße Blouse und ein schwarzes Mieder an.)

Erwin (leise zu Iduna). Ich denke, wir wissen genug —

Iduna (leise). Vollständig!

Garda (zum Spiegel tretend). Ob Papa mir wohl meinen Koffer geschickt hat?

Iduna. Ich will den Diener fragen! (Will läuten.)

Garda. Oh, laß es gut sein! Papa weiß ja, wo ich bin.

Iduna. Vielleicht erwartet er, daß Du hinüber kömmst.

Garda (lachend). Oh nein! Er weiß recht gut, daß, wenn ich sage, ich bleibe nicht bei Jemanden, ich es auch nicht thue! — Böse wird er freilich sein — ich habe ihr tüchtig die Meinung gesagt, dieser Frau von Alden!

Iduna. Woher vermuthest Du, daß Papa so viel auf die Alden hält?

Garda. Schon in Nehling hörte ich Sofie mit Brigitten darüber sprechen und stellte Papa zur Rede — Er leugnete, daß ihm die Alden gefiele — jetzt glaube ich ihm aber nicht mehr — der Papa lügt —

Iduna (lächelnd). Wer wird ein so starkes Wort gebrauchen, Garda!

Garda. Wenn es aber richtig ist!

Iduna. Es klingt doch nicht schön!

Garda. Lügen klingt auch nicht schön, und der Papa thut es doch!

Iduna (entschuldigend). Er wollte Dir die Sorgen ausreden.

Garda (eine Grimasse ziehend). Sorgen? Oh! Gar so stolz braucht er nicht zu sein — wenn er sich von mir lossagen kann, werde ich mir schon auch Jemand finden, der sich meiner annimmt.

Erwin (für sich). Aha — jetzt kommt es!

Idnna (lächelnd). Du kennst wohl schon einen solchen „Jemand"?

Garda (treuherzig). O ja!

Erwin. Und dürfen die Eltern auch wissen, wer er ist?

Garda. Gewiß! Ich habe mich seiner nicht zu schämen.

Idnna (für sich). Um so besser!

Garda. Er heißt Waltroop (Weltrub) und ist Förster —

Erwin.
Idnna. } Ein Förster!

Garda (erstaunt). Was wundert Ihr Euch?

Idnna. Du willst einen Förster heiraten?

Garda (lachend). Heiraten! Was Euch nicht einfällt. Ich würde zu ihm gehen und bei ihm bleiben, aber ihn heiraten!

Idnna (entsetzt). Aber Garda! Das wäre ja unschicklich —

Garda. Unschicklich? Warum denn! Waltroop ist ein lieber, gebildeter Mann — er kam als junger Bursche in meines Großvaters Haus, hat meine Mutter auf den Armen getragen und ist ihr in Treue und Ergebenheit weit über's Meer in das ihm fremde Land gefolgt. — Selbst einsam und kinderlos liebt er mich gleich einem Enkelskind — Weßhalb sollte ich nicht zu Waltroop gehen —

Idnna. Ach, der Mann ist alt?

Erwin (für sich). Der ist es also nicht?

Garda. Ja, — er ist alt, bald an die achtzig! Aber noch sehr rüstig. Der gute Waltroop! Er würde namenlos glücklich sein, wenn ich mein kleines Jagdhaus, auf welchem er als Haushofmeister lebt, bezöge. Ich besuche ihn recht oft und bringe auch jedes Jahr einige Wochen bei ihm zu — Ihr könnt es mit mir ansehen, das liebe Haus, es ist kaum eine Stunde Wegs von hier — Ich bin so gerne dort — so unendlich gerne — Ich gehe heute zu Waltroop, ich habe ihn lange nicht gesehen — kommt mit mir, seid meine Gäste in meinem schönen, kleinen Haus!

Erwin (seufzend). Wir müssen auf das Schloß — zu der Eröffnungsfeier.

Idnna. Komm heute mit uns, Garda! Morgen gehen wir dann mit Dir zu Waltroop.

Garda. Ich soll auf das Schloß hinüber? Oh, nein! das thue ich nicht.

Idnna. Weßhalb denn nicht?

Garda. Zehn Gründe für einen.
Erwin. Wirklich?
Garda. Erstens will ich zu Waltroop gehen, zweitens mag ich die Alden nicht sehen, drittens ist ein junges Mädchen drüben mit einer geschwätzigen Erzieherin, die gefällt mir auch nicht —
Erwin (für sich). Das ist die Demelli!
Garda. ~~Drittens~~ ist ein Doktor, ein gewisser Kanttus, da, der ist mir auch sehr langweilig und überdies stehen noch ein Dutzend anderer junger Affen beisammen.
Iduna (erstaunt). Affen?
Garda. Ja, Affen! So geschniegelte, gepußte junge Herren, die nichts zu thun haben als einen anzusehen und dann zu lachen. — Ueber den einen — über den habe ich mich so geärgert, daß ich ihm mit Herzenslust einen festen Hieb mit der Reitgerte gegeben hätte.
Iduna. Aber Kind! Wer wird denn so heftig sein!
Garda. Muß man es nicht werden!? Ist es etwa eine Art, sich hinzustellen und Jemand anzuglotzen, wie es der Affe mir gethan. Aber der soll sich hüten, mir wieder zu begegnen; ich hetze meine Bella auf ihn und die Bella beißt.
Iduna (lachend). Selbsthilfe ist in unserem Lande nicht gestattet!
Garda. Das ist keine Selbsthilfe! Beleidigt hat er m i ch und beißen wird ihn die B e l l a!
Erwin. Die Logik ist zwar etwas sophistisch aber nicht ganz ohne!
Iduna. Du mußt ihm nicht so böse sein, Garda, Du trägst wohl ein bischen mit Schuld an seinem unpassenden Benehmen —
Garda. Ich? wie das?
Iduna (lächelnd). Deine eigenthümliche Kleidung, vielleicht hielt er Dich für ein Bauernmädchen —
Garda (auffahrend). Sehe ich wie ein Bauernmädchen aus — ?
Iduna (lächelnd). Nun, — Dein Costume.
Garda. Wenn das allein die Schuld, daß der Affe sich so benommen, werfe ich es über's Fenster! — (Packt die Lodenjacke und den Hut, eilt zum Fenster.)

Erwin (ihr den Weg vertretend). Brrr! Nur nicht so hitzig, Kind! In Ihrem Jagdhaus und auf der Hochwildjagd können Sie es ja wieder tragen.

Garda (wirft beides zu Boden). Oh, ich mag das Zeug gar nicht mehr sehen!

Iduna (Gardas Hand fassend). Du willst also andere Toilette machen?

Garda (entschieden). Gewiß!

Iduna. So komm mit mir! Ich will Dir helfen — (zu Erwin). Du erwartest Laurentius — wenn Gardas Toilette beendigt, gehen wir zum Diner.

Garda (entschieden). Ich kleide mich um, aber hinüber gehe ich doch nicht. Ich will zu Waltroop —

Iduna (lächelnd). Vorerst gehst Du mit uns in's Schloß; Du mußt ja den Leuten beweisen, daß Du kein Bauern=mädchen bist.

Garda (von einem Gedanken erfaßt). Ja! — da hast Du recht, das muß ich ihnen beweisen und um es zu können, will ich mich putzen wie eine Dame. — Komm Mama, komm! (Garda, Iduna links ab.)

Erwin. Ist das ein sonderbares Geschöpf! Erst zieht sie sich wirklich wie eine Bäuerin an, jetzt will sie große Toilette machen. Und wie es hier aussieht — (hebt den Hut auf) Entsetzlich! (Will die Jacke aufheben.)

Vierter Auftritt.

Erwin. Laurentius.

Laurentius (rasch durch die Mitte, erblickt die Jacke, stürzt auf sie zu). Onkel! was hast Du da! (Reißt Erwin die Jacke aus der Hand.) Ah! das ist die Hülle eines Engels.

Erwin (lachend). Ein Engel im Lodenrock! Den habe ich noch nie gesehen.

Laurentius. Wo ist sie, die dies Kleid getragen?

Erwin (zeigt links). Da drinnen!

Laurentius. O sag mir! Ist es wahr, daß dieses Mädchen Onkel Egons Braut?

Erwin. Egons Braut? Wer hat das gesagt?

Laurentius. Rehlings Erzieherin hat es ihrer Freundin Demelli erzählt.

Erwin. Ich weiß nichts davon — doch was kümmert's Dich — Kennst Du Garda?

Laurentius. Vor einigen Wochen traf ich mit ihr zusammen, heute sah ich sie wieder, — beidemale hat sie mir einen Eindruck gemacht, den ich Dir nicht beschreiben kann.

Erwin (für sich). Ah! Das ist der Rechte! Hm, hm!

Laurentius (nimmt den Hut, reißt eine Feder aus).

Erwin. Sei so freundlich, laß den Hut in Ruhe. Wenn Garda sieht, daß Du ihren Hut beschädigst! (Nimmt ihm den Hut ab.)

Laurentius (legt die Feder in die Brieftasche). Ich muß ein Andenken an sie haben.

Erwin (für sich). Der brennt ordentlich!

Laurentius. Wenn ich nur wüßte, ob das Gerede wahr!?

Erwin. Was würde es Dir helfen?

Laurentius. Wenn sie nicht Onkel Egons Braut, werde ich um Garda werben —

Erwin (kopfschüttelnd). Aber sag' mir nur, Laurentius! Wie konnte Dir Garda einen solchen Eindruck machen? Sie hat solch' eigenthümliche Manieren, ihre ganze Erscheinung —

Laurentius (rasch). Ist die eines Engels! (Warm.) Onkel! wenn Du sie gesehen hättest, wie sie drüben im Schloß zwischen den geputzten Damen stand, ein wildes Röslein im künstlichen Blumenstrauß. Aller Blicke waren auf sie gerichtet; kühn und frech, wie immer, trat Max Kronenhelm ihr in den Weg. Da traf ein Blick, dem einer zürnenden Göttin gleich, den frechen Buben! —

Erwin (kopfnickend). Ah! Max Kronenhelm war es! Hm, hm! —

Laurentius. Ein Blick, der alles sagte, was dieses herrliche Wesen empfand — Zorn und Verachtung sprach aus diesem schönen Auge, das wenige Minuten früher warm und innig auf ein paar bettelnde Kinder geblickt — Und dann — dann ging das holde Wesen raschen Schrittes Eurem Hause zu — mich nicht bezwingen könnend, wagte ich es, sie anzusehen — sie zu grüßen. — Ein leichtes Rosenroth schmückte die lieben Züge, und lächelnd wie ein Kind erwiderte sie freundlich den Gruß! (Blickt sinnend vor sich hin.)

Erwin (lächelnd). Sie gefällt Dir also wirklich? —

Laurentius. Wie mir noch nie ein Weib gefallen hat!

Erwin (reicht ihm die Hand). Was ich für Dich in der Sache thun kann, das geschieht! Ich begreife Deine Schwärmerei für den kleinen Wildfang zwar nicht — —

Laurentius. O! nenne sie nicht so, Onkel! Sie ist ein holdes, unverdorbenes Kind der Natur, und ewig schade wär's um sie, wenn sie nicht in die rechten Hände käme.

Erwin (lächelnd). Ah! Das sind wohl die Deinen, diese rechten Hände — wie?

Laurentius. Die sind die rechten, für die sich ihr Herz entscheidet!

Fünfter Auftritt.

Vorige. Egon rasch durch die Mitte.

Egon. Wo ist Garda!?

Erwin. Sie macht Toilette —

Laurentius (für sich). Was will er von ihr —?

Egon (zu Laurentius tretend) Laurentius, thue mir einen Gefallen.

Laurentius. Mit Vergnügen, lieber Onkel.

Egon Lasse mich mit Erwin allein. —

Laurentius. Ganz wie Du es wünschest. — (Nimmt seinen Hut, zu Erwin.) Ich werde im Garten bleiben und Euch erwarten!

Erwin. Schön, mein Lieber, wir kommen Dir bald nach! —

Laurentius. Vielleicht begünstigt mich der Zufall und ich kann sie wiedersehen. (Durch die Mitte ab.)

Egon. Erwin, ich habe eine Entdeckung gemacht.

Erwin. Was Du sagst!

Egon. Laurentius und Garda kennen sich —

Erwin. Das habe ich soeben auch erfahren. —

Egon. Was denkst Du darüber —?

Erwin (ausweichend). Vor der Hand noch gar nichts.

Egon (reicht ihm die Hand). Schönen Dank für den Orakelspruch — ich weiß ihn zu deuten.

Erwin. Ich habe nichts gesagt.

Egon. Gesagt hast Du allerdings nicht viel, aber desto mehr gedacht.

Erwin. Gedanken —

Egon. Zahlen kein Schutzgeld! — In diesem Falle aber sollen sie Thatsachen werden; wenn sich die Beiden lieben, mögen sie einander angehören.

Erwin. Und Du?!

Egon (reicht ihm die Hand). Ich bleibe bei Euch. —

Erwin (gezwungen lächelnd). Ja! Du bleibst bei uns — ja —

Egon. Ich glaube gar, Dir ist es nicht recht! Wahrhaftig! Es scheint der Schatz, den Du gefunden, machte Dich zum Geizhals! —

Erwin. O bewahre —

Egon. Doch scheint es so! — Haben wir nicht seit Jahren verabredet, wenn der E i n e heiratet, bleibt der A n d e r e bei ihm? —

Erwin. Ja, ja! Das haben wir allerdings gethan, aber — ich dachte immer, Du würdest der E i n e sein, — und i c h der A n d e r e — Du bist um so viel jünger —

Egon (lachend). Dein unverdientes Glück hat Dich engherzig gemacht! Aber meinethalben stelle Deine Frau unter einen Glassturz, damit sie kein Lufthauch küßt!

Erwin. O! Da ist gar nicht zu spaßen! Ich gönne es dem Lufthauch wirklich nicht.

Egon. Gut für Dich, daß die Zeit vorüber, wo sich die Götter in Fliegen verwandelten, Du schlügst sonst aus Mißtrauen sämmtliche Insekten todt. — Eine solche Eifersucht ist mir noch gar nicht vorgekommen.

Erwin (lächelnd). Du irrst, mein Lieber! Wer seiner Frau unbedingtes Vertrauen schenkt, der ist nicht eifersüchtig.

Egon (lachend). Auf dieses unbedingte Vertrauen halte ich keine großen Stücke —

Erwin. Vielleicht komme ich noch in die Lage, es Dir zu beweisen —

Egon. Gnade dem, der den Probirstein abgiebt — der wird von Dir dreifach getödtet.

Erwin (lebhaft). Da hast Du recht! Gnade dem, der es wagen würde, seinen Blick zu Idunen zu erheben — ich würde i h n tödten (weich) aber es doch niemals wagen, an ihr zu zweifeln.

Egon. Das ist allerdings lobenswerth, allein —

Erwin (lächelnd). Du glaubst mir nicht?

Egon. Nimm es mir nicht übel, Erwin! Aber wer Dich sieht — der kann es nicht glauben —

Erwin (entschieden). Und dennoch ist es so! — Doch still — ich höre die Damen kommen —

Sechster Auftritt.

Vorige. Iduna, Garda führend.

Iduna. Da sind wir. —

Garda (weißes Kleid, eine Rose im Haar). Nun — wie gefalle ich dem Papa —? (Dreht sich herum).

Egon (für sich). Papa? —

Erwin. Sie sehen reizend aus!

Garda (zu Egon). Wie findest Du mich, Pathe Egon?

Egon. Wie Erwin sagte — reizend.

Garda (lächelnd). Das freut mich!

Egon (beobachtend). Du sagtest doch stets, es sei Dir gleichgiltig, wie Du aussähest! —

Garda (ausweichend). Ja! Allerdings — ja — das war in Rehling — (zu Iduna, gleichsam entschuldigend) Weißt Du — in Rehling — da — da sieht man ja nichts, als ein paar Bauern, ein paar Beamte und höchstens noch Pathe Egon!

Iduna (lächelnd). Auf dem Lande —

Garda. Nun eben —

Egon. Du trugst stets Dein Jagdkleid, so oft ich Dich auch bat, Toilette zu machen.

Garda (achselzuckend). In Rehling sind die Wege zu schlecht, um's zu thun.

Egon. Wirklich? Hm!

Garda (nimmt ihren Hut, erstaunt). Was ist denn mit der Feder geschehen —?

Erwin. Ich weiß es nicht.

Garda. Merkwürdig, der Hut ist so parfumirt — dieser Parfum! — (Denkt nach). Sonderbar!

Egon (leise zu Erwin). Sie erkennt den Parfum! —

Erwin (auch leise). Fast scheint es so!

Iduna (aufmerksam werdend). Parfum? War vielleicht Laurentius hier —?

Erwin. Ja!

Egon (Garda im Auge haltend). Er ist soeben fortgegangen.

Garda (für sich). Laurentius? — Sollte er so heißen? (Laut). Wer ist der Herr? —

Iduna. Mein Vetter Wartau.

Garda (für sich). Er ist es!

Iduna. Ein sehr liebenswürdiger, gebildeter junger Mann, der die Eigenheit besitzt, sich auffallend stark zu parfumiren.

Garda (gedankenvoll lächelnd). Es ist ein angenehmer, eigenthümlicher Duft — (Grübelnd.) Wie aber kommt mein Hut dazu?

Erwin. Laurentius hatte ihn in der Hand! Er ist ein Jagdliebhaber und bewunderte die Feder!

Iduna (lachend). Was? Laurentius wäre ein Jagdliebhaber? Der hatte doch sein ganzes Leben kein Gewehr in der Hand — er verabscheut ja die Jagd und findet sie ein grausames Vergnügen.

Garda (betroffen). Grausam! Ja — ja — er hat im Grunde recht! (Zu Idunen.) Du bist wohl auch seiner Ansicht —?

Iduna (ausweichend). Je nachdem!

Garda (reicht Iduna die Hand). Ich werde nie wieder jagen — (Sinnend.) Nie wieder.

Egon (leise zu Erwin). Hast Du es gehört?

Erwin (leise). Nun freilich — Ich bin ja nicht taub!

Iduna (erstaunt). Ich habe ja gar nichts gegen die Jagd gesagt —

Garda (rasch). Du bist nicht für sie eingenommen! Ich habe Dir's angekannt —

Egon (leise zu Erwin). Wie schlau sie ist! Ich hätte es nicht für möglich gehalten.

Erwin (leise zu Egon). Ich auch nicht! (Sieht auf die Uhr, laut.) Es ist spät, wir müssen zum Diner —

Iduna (zu Garda). Ich will Dir einen andern Hut wählen. (Iduna, Garda, ab.)

Egon. Meine Vermuthung war richtig — sie liebt Laurentius! — —

Erwin (ausweichend). Nun — weil sie den Parfum erkennt, und nicht mehr auf die Jagd gehen will — — —

Egon. Das ist mir Beweis genug. Ich weiß jetzt wie Garda denkt und mein Entschluß ist gefaßt.

Achter Auftritt.

Vorige. Mila von Alden, weiß gekleidet, Adam.

Adam (meldend). Frau von Alden! —

Erwin (erstaunt). Frau von Alden! — Nun, so laß sie eintreten, Adam —

Egon (für sich). Sie kömmt wohl Garda holen!

Adam (läßt Alden eintreten, geht ab).

Alden (zu Erwin). Sie werden erstaunt sein, daß ich zu Ihnen komme, Baron Seldenberg — allein eine mir wichtige Angelegenheit führt mich her.

Erwin (sich verbeugend) Meine Frau wird sich herzlich freuen, Sie wiederzusehen.

Egon. Ich ahne, was Sie wünschen, gnädige Frau!

Alden (mit leichtem Vorwurf). Es zu ahnen ist für Sie nicht schwer. Ich bat Sie, mir Garda zuzuführen, anstatt dessen sind Sie hier und plaudern, mich und meine Bitte aber haben Sie vergessen —

Egon. Ich fand noch keine Gelegenheit mit Garda zu sprechen!

Alden (rasch). Dann werde ich es selbst thun — da ist ja mein lieber Flüchtling! — (Für sich.) Sie muß mit mir kommen — ich ruhe nicht, ehe ich weiß, ob mein Verdacht bezüglich Kanttus begründet! (Geht den Eintretenden entgegen.)

Neunter Auftritt.

Vorige. Iduna. Garda.

Iduna (leise zu Garda). Sei freundlich, Garda.

Garda (ebenfalls leise). Du sollst mit mir zufrieden sein. (Verneigt sich gegen Alden.)

Iduna (reicht Alden die Hand). Ich freue mich herzlich Sie bei uns begrüßen zu können, Frau von Alden!

Alden. Es ist lange her, daß wir uns nicht gesehen, und hat sich in Ihrer Lebenslage seither vieles verändert —

Iduna. Allerdings, und zwar zu meinen Gunsten! — (Erwin die Hand reichend.) Es war eine alte Liebe, die ein neues Band geschlungen —

Alden. Welches Euch beide zum schönsten Glücke führen wird!

Iduna. Das hoffen wir (bietet Alden an, Platz zu nehmen). Bitte — — —

Alden. Herzlichen Dank, Baronin — Ich will Sie gar nicht aufhalten — ich bin nur gekommen um Garda zu bitten, mir ein halbes Stündchen Gesellschaft zu leisten, weil ich mit ihr zu sprechen habe —

Iduna (leise zu Garda). Geh' mit ihr —

Alden. Nun —? wollen Sie mit mir kommen —?

Garda (zögernd). Wenn Sie es durchaus wünschen, — ja!

Egon (rasch). Darf ich Sie begleiten?

Alden (lächelnd). Schönen Dank, Baron! Wir gehen allein. — Es plaudert sich am gemüthlichsten zu Zweien! (Nimmt Gardas Arm, reicht Idunen die Hand.) Adieu Baronin, bald bring' ich Ihren Schützling wieder — Kommen Sie, Garda! Noch folgen Sie mir widerstrebend, hoffentlich gelingt es mir, Sie von meinen freundschaftlichen Absichten zu überzeugen, und mir Ihre Neigung zu erringen. — (Grüßend, mit Garda Mitte ab.)

Iduna (erstaunt). Was will sie nur von Garda —?

Erwin. Wahrscheinlich über deren Heirat mit ihr sprechen, Rehling erzählt sicher jedem der es hören will, daß Egon seiner Tochter Bräutigam.

Egon. Rehling könnte über die Sache sprechen! Das wäre mir nicht lieb. — Ich will zu ihm eilen, um ihm zu sagen wie sich die Verhältnisse gestaltet haben. (Durch die Mitte ab.)

Iduna. Was soll das bedeuten?

Erwin. Das soll bedeuten, daß Egon selbst entdeckte, Garda liebe einen Andern.

Iduna. Und wer ist der Andere?

Erwin. Dein Vetter Laurentius!

Iduna. Laurentius! — Kora sagte doch, ihm gefiele die Alden —

Erwin. Kora irrte. Er liebt Garda.

Iduna. Laurentius und Garda, — ein hübsches Paar!

Erwin (rasch). Ah! Du findest Laurentius hübsch!?

Iduna. Nun, häßlich ist er doch sicher nicht.

Erwin. Nein — das nicht — — Aber, daß Du ihn hübsch findest —

Iduna (sieht ihn erstaunt an). Aber — Erwin! — — —

Erwin (sich erinnernd). Ja, so — Hm! — (Für sich.) Es ist doch ungemein schwer, nicht eifersüchtig zu scheinen, wenn man so neidisch ist.

4*

Iduna (nimmt Gardas Jagdhut). Garda hat recht. Es ist ein angenehmer Duft! — —

Erwin (mißgünstig). Liebst Du diesen Parfum?

Iduna. O ja! er ist fein.

Erwin. So! (Für sich.) Noch heute bestelle ich mir zwölf Flaschen! — (Es klopft.) Herein!

Zehnter Auftritt.
Vorige, Kanttus.

Kanttus (durch die Mitte, sich verbeugend). Verzeihung, daß ich störe, Herr Baron — allein Wartau hat es übernommen, Sie und Ihre hochverehrte Frau Gemalin zum Diner abzuholen — Seit einer Stunde warten wir vergebens, so komme ich denn, um nachzusehen, was vorgefallen.

Erwin (Kanttus die Hand reichend). Sie sind sehr freundlich, Herr Doktor. Es ist nichts vorgefallen — Laurentius ist im Garten; wir warten nur auf Fräulein Rehling, welche mit Frau von Alden in den Park gegangen.

Iduna (hat Kanttus begrüßt, nimmt ihren Hut). Wir wollen ohne Garda zu Tische gehen. (Will die Mantille umnehmen.) Sie mag mit Egon nachkommen.

Kanttus (eilt zu ihr, um ihr behilflich zu sein). Erlauben Sie, Frau Baronin! (Zu Erwin). Sie kennen Fräulein Rehling?

Erwin (hat seinen Hut genommen, bemerkt, daß Kanttus Idunen die Mantille gibt, für sich). Ueber die Geschäftigkeit! (Laut.) Gewiß! Sie ist die Tochter meines Freundes.

Kanttus. Das Fräulein ist ein reizendes Wesen!

Iduna (ist vor den Spiegel getreten). Ein liebes Kind!

Erwin. Woher kennen Sie Garda?

Kanttus. Ich traf sie mit ihrem Vater bei Frau von Alden und unterhielt mich den ganzen Abend herrlich mit ihr. (Bemerkt, daß Iduna mit ihrer Toilette fertig ist, zu Erwin.) Herr Baron, werden Sie mir, als Präsidenten des Comités, gestatten, Ihre Frau Gemalin zum Diner zu führen?

Iduna (winkt Erwin „ja" zu sagen).

Erwin (sehr freundlich). Herr Doktor! Es wird mir und meiner Frau ein Vergnügen sein. — Liebe Iduna —

Kanttus (sich tief verneigend). Frau Baronin — (Bietet ihr den Arm).

Iduna (nimmt denselben, lächelnd sich zu Erwin wendend, ihm zuwinkend). Erwin! Du nimmst wohl meinen Fächer und die Rose.

Erwin (nimmt beides). Gewiß, mein Engel.

(Kanttus und Iduna durch die Mitte ab.)

Erwin (ihnen folgend, für sich). Dieser Mensch, der mir von jeher so zuwider war, der führt meine Frau, und ich muß es mir gefallen lassen — damit die Leute keine „Bemerkungen" machen. O diese Leute mit ihren Bemerkungen — die sind mir äußerst unangenehm! Wahrhaftig — — äußerst unangenehm!

10. ~~Elfter~~ Auftritt.

Erwin, schon an der Thüre, Fanny von links.

Fanny. Herr Baron!

Erwin (sich umwendend). Was wollen Sie denn — ?

Fanny. Bitte! (Gibt ihm einen Brief.)

Erwin. Wer gab Ihnen den Brief?

Fanny. Eine Dame!

Erwin. Eine Dame! (Oeffnet den Brief.) Was stehen Sie da, worauf warten Sie — ? Gehen Sie in den Wald — Meine Frau ist ohnedies nicht zu Hause —

Fanny (knixend). Zu dienen, Herr Baron! (Für sich, im Abgehen.) Es ist merkwürdig! Er schickt mich schon wieder in den Wald! (Links ab.)

Erwin. Der Brief ist von der Alden! Was kann die von mir wollen? (Liest.) Lieber Seldenberg! Ich muß Sie ohne Zeugen sprechen — Unser beiderseitiges Lebensglück hängt von der Unterredung ab. (Besieht den Brief näher.) Da ist noch etwas an der Seite gekratzt! Ich habe entdeckt, daß Kanttus diejenige liebt, der Sie ihr Herz geschenkt! (Schreit.) Ha! Die Elende! Warum ist Sie kein Mann, daß ich sie niederstoßen könnte, wie einen wüthenden Hund! Kanttus sollte es wagen, meine Frau zu lieben! Der Gedanke allein macht mich rasend — er zernagt mein Gehirn! Aber, Ruhe! Nur Ruhe! Es ist ja nicht so! Es kann nicht so sein! Iduna ist frei von jeder Schuld, nie kann ein Verdacht ihre reine Seele treffen — Aber die Alden, die es in blinder Eifersucht gewagt, meine Iduna zu verdächtigen — — die soll mich kennen lernen! Sie soll mit mir zufrieden sein — meine Iduna! Schneller, als ich es geglaubt, ist der Augenblick gekommen, in dem ich ihr beweisen kann, daß ich die Welt um jeden Blick von ihr beneide — im Grund des Herzens aber doch nicht eifersüchtig bin. (Mitte ab.)

(Ende des zweiten Aktes.)

Dritter Akt.

Garten. Man nimmt an, daß das Schloß hinter den Coulissen links liege. Im Vordergrund rechts ein hohes Gebüsch, vor demselben eine Bank, links ein großer Baum, unter diesem eine zweite Bank. Promenadenwege führen in die Coulissen.

Erster Auftritt.
Laurentius.

Laurentius (sieht rechts). Wie lange Onkel Egon in der Villa bleibt! Er hat wohl gar Vieles mit Garda zu reden. Der Glückliche! Er hat ein Recht, es zu thun! — (Setzt sich links.) Wenn ich nur wüßte, ob Garda Egon wahrhaftig liebt — Aber — wie es erfahren! Ich kann Sie doch nicht fragen! Wie käme ich dazu — (Steht wieder auf, sieht rechts.) Was seh' ich! Die Alden — und Garda! Sie kommen hieher — da will ich mich entfernen. (Bleibt stehen, sieht wieder rechts.) Die Alden spricht sehr eifrig mit Garda — was sie ihr wohl zu sagen hat? — Vielleicht will sie ihr zu der Heirat mit Egon rathen! — Garda schüttelt den Kopf — sie scheint unzufrieden, sie will sich von der Alden losmachen, diese läßt sie nicht fort. Oh! Ich werde in der Nähe bleiben. Ich muß wissen was diese Frau von Garda will. (Hinter das Gebüsch ab).

Zweiter Auftritt.
Alden, Garda erste Coulisse rechts, Laurentius versteckt.

Alden (Garda am Arme führend). Seien Sie kein böses Kind, Garda! — Hören Sie mich ruhig an —

Garda (etwas unwillig). Was wollen Sie denn noch von mir —? Sie haben mir gesagt, daß Sie meinen Papa nicht lieben und ihn daher nicht heirathen, — das ist schön und lobenswerth von Ihnen, das freut mich — nun lassen Sie mich aber zu Idunen gehen! (Will fort.)

Alden (Gardas Hand haltend). Garda, bleiben Sie bei mir — lassen Sie uns plaudern — (zieht sie zur Bank rechts.)

Garda (seufzend). Ach! Wovon sollen wir denn noch plaudern!

Alden (sich setzend, zieht Garda neben sich). Von Ihnen, Garda.

Garda. Von mir?

Alden (lächelnd). Von Ihnen. Ich habe Ihnen gesagt, daß Ihr Verdacht unbegründet, daß ich Ihren Vater nicht liebe.

Garda. Ja ja! Das haben Sie mir schon einmal gesagt.

Alden (fortsprechend). Aber ich bin seine Freundin, seine Vertraute —

Garda (schnuppernd, für sich). Sonderbar! Der Parfüm — (sieht sich um).

Alden (es bemerkend). Was suchen Sie?

Garda. Nichts, gar nichts!

Alden (ihre Hand fassend). Sie sind zerstreut — Sie hören mich nicht.

Garda (gleichgiltig). O doch! Ich höre Sie, reden Sie nur fort.

Alden. Wir sprechen zumeist von Ihnen, wenn ich mit Rehling zusammentreffe. —

Garda. So?

Alden. Und heute war dies insbesondere der Fall.

Garda. Wirklich!

Alden. Denn wir sprachen von — Ihrer Zukunft —

Garda. Von meiner Zukunft —?

Alden. Haben Sie noch niemals daran gedacht, — daß der Augenblick kommen wird, in dem Ihnen ein Mann entgegentritt, der sagt: „Garda, willst Du die Meine werden" —?

Garda. Was kümmert es Sie, ob ich daran gedacht habe!

Alden (lächelnd). Als Ihres Vaters Vertraute — — —

Garda. Das schließt nicht in sich, daß Sie auch die meine seien. —

Alden (zusammenzuckend, dann wieder freundlich, etwas bewegt). Sie sind sehr unfreundlich, wenn mir nicht so viel daran läge, Ihr Vertrauen zu gewinnen —

Garda (aufstehend, entschieden). Weßhalb liegt Ihnen so viel daran —?

Alden (sieht sie einen Augenblick an, dann gezwungen ruhig). Weil ich Ihrem Vater versprochen habe, mit Ihnen über einen für ihn sehr wichtigen Gegenstand zu reden! — (Zieht Garda wieder neben sich.)

Garda (zornig lachend). Was Sie sagen! Seit wann braucht mein Vater eine Mittelsperson um mit mir zu sprechen?

Alden (immer gezwungen, freundlich). Es gibt Dinge, die sich zwischen Frauen leichter besprechen, zu denen gehören vor Allem Herzens-Angelegenheiten.

Garda. So! Und Sie glauben wirklich, daß ich mit Ihnen, einer mir beinahe F r e m d e n, derlei Herzensangelegenheiten besprechen werde. —

Alden (etwas bitter). Ei! Was das F r e m d e anbelangt, das macht es wohl nicht aus — Baronin Selbenberg, zum Beispiele, die sahen Sie heute zum e r s t e n m a l, und doch scheinen Sie „gut Freund" mit ihr.

Garda (ruhig). Baronin Selbenberg ist mir sympathisch!

Alden (rasch). Und ich bin es Ihnen nicht?

Garda (bewegt). Frau von Alden! Ich weiß, daß ich nahezu unhöflich mit Ihnen bin, ich bitte, ich beschwöre Sie (aufstehend) lassen Sie mich in Frieden von Ihnen gehen. Ich bin eine wilde, leidenschaftliche Natur und habe nie gelernt, mich dem Joche der Convenienz zu beugen. Ich s a g e, was ich d e n k e, ich h a n d l e wie ich f ü h l e — Ich kann keine Neigung heucheln, die ich nicht empfinde, so wenig ich ein Gefühl beherrschen kann, das mich bewegt —

Alden. Garda! (Aufstehend.) Sie sind ein seltsames Wesen und statt Ihnen zu zürnen, gewinne ich Sie lieb.

Garda (sieht sie groß an). Eitel scheinen Sie nicht —

Alden (lächelnd). Ich bin es auch nicht! Statt mich abgestoßen zu fühlen von Ihren harten Worten, entzückt mich die reine Seele, die aus Ihnen spricht. — Ein Wesen das denkt, wie Sie es thun, das kann nicht lügen, und darum will und muß ich noch eine Frage an Sie richten, Garda! Lieben Sie den Mann, den Ihres Vaters Wahl für Sie bestimmt? Haben Sie ihm ihr ganzes, schönes Herz geschenkt? — Sagen Sie es mir und ich will Sie ferner mit keiner Frage quälen — ja, ich will Sie niemals, ich schwöre es Ihnen — niemals wieder sehen! Aber nur dies Eine! — dies Eine will ich wissen —

Garda (hört sie kopfschüttelnd an). Darum brauchen Sie mich nicht so feierlich zu bitten — den Gefallen will ich Ihnen recht gerne thun —

Alden (bewegt). Wirklich! So habe ich mich denn nicht getäuscht, Sie sagen es mir?

Garda (trocken). Ja, recht gerne! Sagen Sie mir nur zuerst, wer der Mann ist!

Alden (erstaunt). Sie wissen es nicht! Ihr Vater hat es Ihnen nicht gesagt?

Garda (gleichgiltig). Nein! Das macht aber nichts! Das bin ich vom Papa gewöhnt. Es ist so seine Art — Er hat immer ein Dutzend Heiratskandidaten für mich in Vorrath; theils schlägt er mir dieselben vor, theils meine Erzieherin, ich sage dann nein! (achselzuckend) und damit ist die Sache abgethan.

Alden (bewegt). Und — was werden Sie heute sagen — ?

Garda. Wahrscheinlich dasselbe! (Lächelnd.) Ich glaube kaum, daß Papa mir einen nennen könnte, zu dem ich „Ja" sagen würde! Doch wer ist es?

Alden. Egon von Seldenberg —

Garda (lächelnd). Schau, schau! Pathe Egon erweist mir die Ehre, mich heiraten zu wollen! Das wäre in der That eine prächtige Partie! — Meinen Sie nicht auch, Frau von Alden — ?

Alden. O gewiß! Egon ist ein liebenswerther Mann!

Garda. Und was würden Sie zu der Heirat sagen?

Alden. Ich würde dieselbe sehr passend finden —

Garda. Sagen Sie mir einmal, Sie halten mich wohl für recht albern — ?

Alden. Ganz im Gegentheil.

Garda. So? Und dennoch verschmähen Sie es nicht, diplomatische Querzüge zu machen, — Dinge — welche bei mir ganz überflüssig sind — —!

Alden. Ich verstehe Sie nicht.

Garda. Sie verstehen mich nicht! Na, ich kann ja auch noch deutlicher reden! Sie kommen zu mir, quälen mich mit Ihren Liebesversicherungen und wollen um jeden Preis mein Vertrauen erringen. Sie bringen zu dem Zweck meinen Vater in das Spiel, und zuletzt entdecke ich, — daß an alledem kein wahres Wort!

Alden. Diese Anklage! —

Garda (einfallend). Werde ich sogleich rechtfertigen.

Alden. Das dürfte denn doch nicht so leicht sein!

Garda (trocken). Es ist mit ein paar Worten geschehen! Sie lieben Baron Seldenberg, und wollen wissen, ob Sie in mir eine Nebenbuhlerin zu fürchten haben.

Alden (lächelnd). Sie täuschen sich!

Garda (verächtlich). O nein, ich täusche mich nicht! S i e versuchen es zu thun, weil Ihnen der Muth fehlt, Ihre Gefühle frei und offen zu gestehen!

Alden. Was denken Sie von mir —?

Garda. Das Schlechteste, was ich nur denken kann! Denn, selbst aufrichtig und ehrlich, hasse ich nichts mehr, als Lüge und Verstellung! (Will Mitte ab).

Alden (ihr den Weg vertretend). O Garda! bleiben Sie — gehen Sie nicht von mir, ehe Sie meine Frage beantwortet haben — Was werden Sie Seldenberg sagen?

Garda (verächtlich). Wenn Sie es durchaus wissen wollen — ein lautes vernehmliches „Nein"!

Alden (entsetzt). Nein!? Und weßhalb das? —

Garda (stolz). Ich lüge nie, Frau von Alden, und die Wahrheit — will ich Ihnen nicht sagen —

Alden (mit vor Wuth bebender Stimme). Und wenn ich sie errathe —?

Garda. Dann wäre ich zu s t o l z, sie zu leugnen.

Alden (flüsternd). Garda — Sie lieben einen Andern.

Garda (stolz). Ja! (Wendet sich gegen den Hintergrund.)

Alden (schmerzlich). Meine Vermuthung war richtig! (Laut.) Und wer ist Derjenige? Sagen Sie es mir!

Garda (stehen bleibend). Was kümmert Sie das! Ich habe Ihnen gesagt, daß ich Pathen Egons Antrag zurückweise, was wollen Sie noch mehr! —?

Alden (zornig). Was frage ich nach Egon. Raubten Sie mir das Herz, das mir angehörte, so kann nichts auf Erden mich entschädigen. Nehmen Sie Kanttus, seien Sie glücklich — ich verzeihe Ihnen! (Erste Coulisse links ab.)

Garda. Was hat Sie gesagt? Ich solle den Kanttus nehmen! Das könnte mir noch fehlen — diese Zumuthung ——! Der Alden muß ich meine Meinung sagen! (Will ihr nach.) Ich muß!

Laurentius (vortretend). Fräulein Garda!

Garda (bleibt stehen, lächelnd). Sie hier, Herr von Wartau!

Laurentius. Ja, ich **bin** und **war** hier. Ich habe gehört, was die Alden mit Ihnen gesprochen —

Garda. So! (Treuherzig.) Sagen Sie mir, glauben Sie nicht, daß sie ein bischen verrückt ist —?

Laurentius (lächelnd). Keineswegs! Weßhalb vermuthen Sie es —?

Garda. Weil sie so albernes Zeug frägt —

Laurentius. Ich fand es nicht so albern, was sie frug —

Garda (achselzuckend). Dann haben Sie doch nicht Alles gehört —

Laurentius. Das mag daher kommen, weil ich nur darauf achtete, was **Sie** der Alden antworteten!

Garda. Was schien Ihnen daran so wichtig?

Laurentius. Sie erwiederten der Alden, Sie würden Onkel Egon „Nein" sagen.

Garda. Das that ich — —

Laurentius. Und um den Grund der Weigerung gefragt, gaben Sie vor — einen Andern zu lieben —

Garda (stolz). Ich gebe niemals etwas vor.

Laurentius. Es ist also wahr?

Garda (nickt mit dem Kopfe). Ja — —

Laurentius (ihre Hand fassend). Und ist dieser Glückliche wirklich Kanttus, wie es die Alden vermuthet!?

Garda (schüttelt den Kopf). Nein! —

Laurentius. Und darf man wissen, wer es ist?

Garda. Nein. — Man darf nicht neugierig sein.

Laurentius (ihre Hand haltend). Und wenn ich es doch bin —

Garda (ihm ihre Hand entziehend). Dann laufe ich davon, weil ich die neugierigen Leute nicht leiden kann! (Erste Coulisse links ab.)

Laurentius (ihr nach). Lauf' immer zu, ich weiß doch, was ich wissen wollte. (Ab.)

Dritter Auftritt.

Erwin aus der zweiten Coulisse links, gleich darauf Iduna eben daher.

Erwin (suchend). Diese Frau ist nicht zu finden! Kein Winkel in Schloß und Garten, wo ich sie nicht gesucht. (Will nach rechts).

Iduna (eilig). Erwin, Erwin!

Erwin (bestürzt, für sich). Himmel! meine Frau! (Laut.) Meine theure Iduna!

Iduna. Sage mir, was treibst Du denn?! Bei Tische saßest Du wie ein steinerner Gast, und gabst kaum Antwort, wenn man zu Dir sprach — gleich nach dem Diner liefst Du davon — ohne mir auch nur ein Wort zu sagen — —

Erwin (verlegen). Ja, weißt Du — ich — ich — wollte Dir und der Gesellschaft beweisen — daß — daß — (rasch) ich nicht eifersüchtig bin.

Iduna. Nun das hast Du allerdings gethan, allein ich glaube, Du verfolgst einen doppelten Zweck.

Erwin (erschrocken). Doppelten Zweck? — Wie — — wie meinst Du das?

Iduna (lächelnd). Es scheint mir fast, als wolltest Du die Probe machen, ob ich nicht eifersüchtig werden könnte!

Erwin (wie oben). Sei so gefällig. Das fehlte noch! Du — und eifersüchtig werden!

Iduna. Wenn ich nur die geringste Anlage dazu hätte, müßte es dennoch geschehen — die Gesellschaft erzählt sich ja — daß Du alle Leute frägst, wo Frau von Alden sei.

Erwin (zerstreut). Was sich diese Gesellschaft Alles erzählt — das ist entsetzlich! (Zieht das Taschentuch aus der Tasche, mit demselben fällt das Billet der Alden heraus.) Die Leute haben eben nichts zu thun, als zu plaudern —

Iduna. Es ist also nicht wahr, daß Du die Alden suchst? (Bemerkt das Billet, hebt es auf.)

Erwin (steht so, daß er nicht bemerkte, daß das Billet herabgefallen und daß es Iduna aufgehoben). Wie Du nur so etwas glauben kannst. — Wozu sollte ich die Alden suchen?

Iduna (hat das Billet gelesen, hält es versteckt).

Erwin (immer verlegen). Ich, die Alden! Ich suche nur Dich — nur Dich Iduna! (Will sie umarmen.) Gieb mir einen Kuß.

Iduna (abwehrend, aber nicht unfreundlich). Ehe ich Dir einen Kuß gebe, möchte ich doch eine kleine Aufklärung haben!

(Zeigt ihm das Blatt). Was soll das heißen, „ich muß Sie ohne Zeugen sprechen!" —

Erwin (bestürzt). Was — was hast Du da —? (Will ihr das Blatt wegnehmen.)

Iduna (es festhaltend). Laß mir das Blatt — ich habe es noch nicht ganz gelesen. —

Erwin (sich vergessend). O! Das sollst Du auch nicht — Nie soll Dein reines Herz von dieser Schändlichkeit erfahren, nie Dein edler Sinn durch solche Worte betrübt werden! (Reißt ihr das Blatt aus der Hand.)

Iduna (lebhafter). O! was soll das? Ich darf nicht wissen, was diese Frau Dir schreibt — das ist eigenthümlich —

Erwin (steckt das Blatt ein). Iduna, ich beschwöre Dich, glaube mir. — —

Iduna (ernster). Ich glaube gar nichts, als daß Dein Benehmen ein sehr seltsames ist. Du weißt, ich bin nicht eifersüchtig, Erwin, ich habe Dich so lieb, daß ich mir einen Zweifel an Deiner Treue als Verbrechen anrechnen würde — aber der Mangel an Vertrauen, den Du mir beweist — der kränkt mich — Ich hätte nicht geglaubt, daß es irgend eine Sache geben könne, die Du vor mir verheimlichst.

Erwin (warm). Iduna! Was immer mich betrifft, Du sollst es wissen, nie soll ein Geheimniß zwischen uns bestehen —

Iduna (lächelnd). Das läßt sich hören!

Erwin (ernster). Aber **dieses Blatt, das kann ich Dir nicht geben.**

Iduna (bewegt). Und wenn ich Dich darum **bitte!**

Erwin (gepreßt). Auch dann nicht!

Iduna. Und wenn ich es **ausdrücklich wünsche** — es als Beweis Deiner Liebe verlange?

Erwin (zärtlich). Das thust Du nicht, Iduna! denn — würdest Du es thun, dann wärest Du eine Frau, wie es deren **viele** giebt, und — die bist Du nicht!

Iduna (mit sich kämpfend). Meinst Du?

Erwin (ihre Hand fassend). Ich meine es nicht, ich **weiß es!** Du **forderst** unbedingtes Vertrauen — **Du gewährst** es auch! —

Iduna (anfangs ernst, dann lächelnd). Ja, Du hast recht! Ich fordere es, ich muß es auch gewähren! So sei es denn! — Ich werde das Blatt nicht verlangen — aber —

Erwin (sie an sich ziehend). Aber!?

Iduna (lächelnd). Ich habe diesen Augenblick einsehen gelernt, daß es doch nicht so leicht ist, unbedingtes Vertrauen zu hegen, wenn man wahrhaft liebt! (Nachdenklich). Es ist immerhin ein eigenes Ding!

Erwin (lächelnd). Nicht wahr, Iduna?

Iduna (seufzend). Ja! Es ist ganz eigen! — Nun — so will ich denn wieder zu der Gesellschaft zurückkehren — Du sagst es mir nicht — (geht einige Schritte) so gehe ich!

Erwin (zärtlich). Leb' wohl, meine Iduna!

Iduna (bleibt stehen). Du kommst nicht mit?

Erwin (seufzend). Nein!

Iduna. Du suchst die Alden auf —?

Erwin (gepreßt). Ja!

Iduna (kehrt einige Schritte um). Erwin — nicht wahr — Sie gefällt Dir nicht mehr — die Alden?

Erwin (lächelnd). Ich schwöre Dir, Iduna, daß — das Gegentheil der Fall! (Gepreßt). Ich hasse Sie!

Iduna (zu ihm tretend, bewegt). Du hassest Sie! Was hat sie Dir gethan?

Erwin. Ich kann es Dir nicht sagen.

Iduna (bewegt). Betrifft es mich?

Erwin. Wie kommst Du auf den Gedanken!

Iduna (ausweichend). Es kam mir eben so durch den Sinn! — Ist es so? handelt es sich um mich —?

Erwin. Frage mich nicht, Iduna, sondern geh! — Kehre zu der Gesellschaft zurück, spiele, lache, tanze und sei beruhigt über Alles, was um Dich vorgeht.

Iduna (schmollend). Du bist wirklich ein Egoist, Erwin! Nicht einmal den Kummer willst Du mit mir theilen!

Erwin (sich zum lächeln zwingend). Ich habe keinen Kummer!

Iduna. O! Dein Mund kann lügen, aber Dein Auge nicht! Du siehst bekümmert aus. (Legt beide Arme um seinen Hals.)

Erwin. Du irrst, Iduna!

Iduna. Ich irre mich nicht! —

Vierter Auftritt.

Vorige. Rehling von links.

Rehling. Da bist Du ja, mein lieber Freund! — Verzeihung, wenn ich ein angenehmes tête à tête unterbreche, aber ich habe Dir etwas so wichtiges mitzutheilen — —

Erwin (für sich). Der fehlte noch.

Iduna. Da will ich nicht stören.

Rehling (Idunas Hand ergreifend). O, bleiben Sie, Frau Baronin — die Sache wird Sie auch interessiren, waren Sie doch so freundlich gegen meine Garda.

Iduna. Es handelt sich um Ihre Tochter?

Rehling (lachend). Allerdings! Stellen Sie sich vor; ich hatte meine Tochter halb und halb mit Egon verlobt. — Nun kommt die Kleine daher, stellt mir Herrn von Wartau vor und sagt „sie liebe ihn", — er sagt, er liebe sie auch und bittet mich um ihre Hand —

Iduna. Wirklich —?

Rehling. Sie sind erstaunt! Nicht wahr! Ja — ich war es auch!

Iduna. Und was antworteten Sie meinem Vetter?

Rehling (achselzuckend). Was wollte ich anderes antworten, als „Nehmt Euch"! Wenn sich die Beiden lieben — was ist da zu thun? — Was Garda will, das muß geschehen!

Erwin (in die Coulissen blickend, zerstreut). Ja freilich, das muß geschehen!

Iduna (für sich, Erwin beobachtend). Wie zerstreut er ist —

Rehling. Und — eben deshalb möchte ich mit Dir sprechen —

Erwin (wie oben). Hm! Ja — ich begreife

Iduna (wie oben). Was sie nur von ihm will — die Alden?

Rehling. Dich um Rath fragen. — — —

Erwin (für sich). Dort geht eine Dame, — wenn sie es wäre. (Zu Rehling.) Ja, ja — ich finde es begreiflich!

Iduna (für sich). Wie verwirrt er ihm antwortet!

Rehling (erstaunt). Was findest Du begreiflich?

Erwin (für sich). Nein, sie ist es nicht! (Zu Rehling.) Was ich begreiflich finde —? Nun — das — was Du eben gesagt hast.

Rehling (nachdenkend) Hm! Was ich eben gesagt habe! Ja! (Für sich.) Was habe ich nur gesagt? Jetzt weiß ich es selbst nicht mehr.

Erwin (für sich). Ich bin wie auf der Folter — Iduna beobachtet mich.

Iduna (für sich). Vernünftig wäre, zu der Gesellschaft zu gehen, aber — ich bringe es nicht über mich! (Entschlossen.) Und doch muß es sein!

Rehling (hat nachgedacht). Ach! Jetzt weiß ich — daß ich ihn um Rath fragen will — das findet er begreiflich. (Laut zu Erwin.) Da Du also mit meiner Absicht einverstanden —

Erwin. Vollständig einverstanden, vollständig!

Rehling. Wirst Du mir hoffentlich meine Bitte nicht abschlagen —

Iduna (für sich). Ich muß ihn von Rehling befreien. (Laut.) Wenn Sie mit Erwin zu sprechen haben, Herr von Rehling, würde ich Ihnen rathen, dies später zu thun, — mein armer Mann hat heftige Kopfschmerzen, wir wollen ihn jetzt ein wenig sich selbst überlassen, wenn ihm wohler ist wird er uns folgen. — Kommen Sie — ich will dem Brautpaar meine besten Wünsche bringen —

Rehling (ihr den Arm bietend). Ganz wie Sie befehlen, Frau Baronin, ich schätze mich glücklich, Ihr Führer sein zu dürfen —

Iduna (lächelnd zu Erwin). Adieu, mein Erwin. — Ich hoffe und wünsche, Du mögest Dich recht bald wohler fühlen.

Erwin. Ich danke Dir, Iduna!

Iduna (lächelnd zu Rehling). Gehen wir!

Erwin (wirft ihr einen Kuß zu).

Rehling (zu Erwin). Wir sprechen noch über die Sache!

Erwin. Gewiß! Ich stehe Dir bald zu Diensten. (Rehling und Iduna zweite Coulisse links ab. Erwin ihnen nachsehend.) Fürwahr! Iduna ist ein Engel! Jede andere Frau hätte die so günstige Gelegenheit, mich beobachten zu können, benützt — sie aber geht und befreit mich auch noch von dem lästigen Rehling! Nun kann ich die Alben wieder verfolgen. (Will erste Coulisse rechts ab.)

Fünfter Auftritt.

Erwin, Fanny, erste Coulisse links.

Fanny (eilig, einen Brief in der Hand). Herr Baron! Ich bitte, Herr Baron! (Gibt ihm den Brief.)

Erwin. Woher haben Sie denn schon wieder einen Brief? (Reißt ihn auf, liest.)

Fanny. Der Herr Baron haben mich in den Wald geschickt, da bin ich der Dame begegnet —

Erwin (zornig). Der Teufel soll Euch beide holen!

Fanny (sehr erschrocken). Zu die — dienen, Herr Baron!

Erwin (mit vor Zorn zitternder Stimme). Sie gehen jetzt —

Fanny (kehrt um). Zu dienen, Herr Baron!

Erwin (heftig). Können Sie denn nicht ruhig bleiben, wenn ich mit Ihnen rede —

Fanny (immer ängstlicher). Zu dienen, Herr Baron!

Erwin. Sie gehen jetzt, suchen die Dame, die Ihnen den Brief gegeben und sagen ihr, ich hätte sie bringend zu sprechen und ließe sie bitten, hieher zu kommen. Haben Sie mich verstanden?

Fanny. Zu dienen, Herr Baron!

Erwin. Nun also! Was stehen Sie denn noch da! Machen Sie, daß Sie fortkommen.

Fanny. Zu dienen, Herr Baron! (Im Abgehen.) Der Herr Kammerdiener sagt, der Herr Baron sei gut — da danke ich — der ist ja ein verkleideter Teufel. (Weint.) Wie er einen nur anschreit! (Ab.)

Erwin (in den Brief blickend). Kaum vermag ich es, mich zu fassen. Klingt es doch fast wie Hohn, was sie mir schreibt. (Liest.) Meine Vermuthung war richtig, Sie hat es mir selbst gestanden, daß sie einen Andern liebe. Reisen Sie ab und vergessen Sie! Befolgen Sie meinen Rath. — Ich meine es Ihnen gut — Mila! (Den Brief zusammenknitternd.) Welch ein Satan ist dieses Weib! Mir so empörende Dinge zu schreiben — — Aber diese Briefe müssen doch eine Begründung haben, — es muß der Schein eines Verdachtes auf Iduna fallen — sonst könnte die Alden doch nicht so schreiben. Nein — nein — Auch der Schein kann nicht gegen diesen Engel sein; entweder es ist eine Verleumdung, oder ein Mißverständniß! Wenn sie nur schon käme, diese Alden! (Sieht in die Coulisse links.)

Sechster Auftritt.

Erwin, Kora, zweite Coulisse links.

Kora (weiß gekleidet). Was wünschest Du von mir, Onkel Erwin?

Erwin (erstaunt). Von Dir? gar nichts.

Kora. Du ließest mich doch rufen!

Erwin. Ich dachte nicht daran, es zu thun.

Kora. Fanny sagte mir, ich solle zu Dir kommen.

Erwin. Fanny! Ja, hast denn Du Fanny einen Brief an mich übergeben?

Kora. Ich weiß von keinem Brief.

Erwin (zornig). Dieses Mädchen ist zu albern, um es in eine Kanone zu füllen! Weiß diese Person nicht einmal, mit wem sie gesprochen hat.

Kora. Aergere Dich nicht, Onkel Erwin, vielleicht kann ich Dir helfen.

Erwin. Du? Ich danke Dir für den guten Willen, aber Du kannst mir nichts nützen.

Kora. Wer weiß; habe doch nur ein wenig Vertrauen, ich bin nicht so albern wie Fanny —

Erwin (lächelnd). Das weiß ich wohl, dessenungeachtet —

Kora. Wen sollte Fanny suchen? Ist es vielleicht Frau von Alden, die Du sprechen willst?

Erwin (bewegt). Wie kommst Du auf die Alden —?

Kora. Weil auch sie Dich überall sucht!

Erwin. Sie sucht mich?

Kora. Ich hörte, wie sie zu Egon sagte: „Mein Himmel! Ich muß Ihren Bruder sprechen, sonst gibt es ein Unglück."

Erwin. Das sagte sie!

Kora (in die Coulissen blickend). Ach, da ist sie mit Onkel Egon.

Erwin. Wahrhaftig!

Kora. Sie bemerken uns nicht — ich will ihnen sagen, daß Du hier bist. (Erste Coulisse links ab.)

Erwin (bewegt). Die Alden sucht mich! Sie fürchtet nicht mir zu begegnen — es ist also keine Verleumdung. Oh! Meine Sinne verwirren sich — wenn ich an das Alles denke. Ah! Egon!

5*

Siebenter Auftritt.

Erwin, Egon.

Egon (rasch von links). Du erhieltst zwei Briefe von der Alben?

Erwin. Was kümmert's Dich!

Egon. Sehr viel, da sie an mich waren.

Erwin (sich über die Stirne streichend). An Dich!?

Egon. Natürlich! Das mußt Du doch aus dem Inhalt entnommen haben?

Erwin (tonlos). Aus dem Inhalt!?

Egon. Nun ja! Du weißt doch, daß die Alben eine Unterredung mit Garba hatte — diese gestand ihr — daß sie einen andern liebe, nämlich Laurentius — die Alben aber, meinte Garba, liebe Kanttus.

Erwin (aufseufzend). Ja! Kanttus!

Egon. Und da schrieb sie mir, ich solle den Gedanken an Garba aufgeben und dieselbe vergessen.

Erwin (lächelnd, halb für sich, wie im Traum). Vergessen!

Egon. Die Alben meinte es gut — sie glaubte, ich liebe Garba warm und innig, und da wollte sie mich warnen —

Erwin. Ja, sie mag es gut gemeint haben —

Egon. Aber — wo hast Du die Briefe — weshalb gabst Du mir sie nicht?

Erwin (sich fassend). Fanny übergab sie mir, mit dem Bedeuten, die Briefe seien an mich —

Egon. An Dich?

Erwin (lächelnd erzählend). Aus dem Inhalte ersah ich, daß sie an Dich gerichtet, — da ich aber wußte, daß Deine Liebe für Garba keine so innige, und die Erklärung Wartaus auch schon erfolgt sei, hielt ich es für überflüssig, Dir die Briefe zu geben — und — behielt sie bei mir. (Wischt sich die Stirne.)

Egon. Und wo sind sie?

Erwin (zieht die sehr zerknitterten Papiere aus der Tasche). Hier!

Egon (lächelnd). Die sind sehr — zerknittert. — (Fixirt Erwin.) Die sehen aus, als hätte sie Jemand gelesen — der — etwas aufgeregt war —

Erwin (ausweichend). Oh! Bewahre — Ich habe sie — in die Tasche gesteckt — und da wurden sie zerknittert!

Egon. Wirklich? Sag' einmal, Erwin! Wenn willst Du irre führen — ?

Erwin. Dieser Gedanke ist —

Egon (ruhig). Der richtige, mein Freund! — Gesteh' es nur, Du glaubtest, es handle sich — um Iduna — —

Erwin. Ich glaubte, daß die Alden es wage, Iduna verdächtigen zu wollen — ich war fest entschlossen, sie deshalb zur Rechenschaft zu ziehen — aber — an die Möglichkeit, Iduna könne schuldig sein, an die glaubte ich nicht!

Egon (reicht ihm die Hand). Du hast eine Feuerprobe bestanden — wie ich es Dir nicht zugemuthet hätte.

Achter Auftritt.

Vorige, Kora von links.

Kora (eilig). Onkel Erwin — Onkel Erwin —

Erwin. Was willst Du, Kora?

Kora. Iduna erwartet Dich im Speisesaal — sie hat Dir etwas wichtiges mitzutheilen — —

Erwin. Es ist doch nichts vorgefallen?

Kora. Keinesfalls etwas trauriges, denn die ganze Gesellschaft ist sehr heiter; die Herren umringen Iduna, und bitten sie mit aufgehobenen Händen, — um was sie bitten, das weiß ich nicht — besonders Dr. Kanttus, der —

Erwin (bewegt). Spare Dir jede weitere Beschreibung — ich gehe schon — — ich muß nachsehen — was das zu bedeuten hat — — die Herren umringen meine Iduna — das werde ich mir verbieten, und der Kanttus ist auch dabei — der unangenehme Mensch — — da muß ich nachsehen! — (Eilt zweite Coulisse links ab.)

Kora. Der gute Onkel! Wie besorgt er um Iduna ist —

Egon. Den Kanttus kann er gar nicht leiden — aber Erwin hat recht, mir ist der Doktor auch zuwider!

Kora (scheinbar leichthin). Du hast wohl Ursache, ihn nicht zu begünstigen!

Egon (ausweichend). Ursache! — Wie meinst Du das?

Kora (ohne aufzublicken). Man sprach doch viel von Deiner Werbung um Frau von Alben, und auch davon, daß Kanttus der Grund gewesen, weßhalb die Heirat nicht zu Stande gekommen.

Egon. Heirat! O, so weit waren wir noch nicht.

Kora (lebhaft). Nicht? Das freut mich!

Egon. Weßhalb freut es Dich?

Kora. Weil die Alben Dich nicht verdient hätte; sie ist eine kokette, herzlose Frau, und —

Egon. Und?

Kora. Und — gefällt mir nicht.

Egon. Das hattest Du nicht sagen wollen, Kora — dieses u n d — verlangt einen anderen Nachsatz, dieses „u n d" galt mir — —

Kora (ausweichend). Nicht doch —

Egon. Ja, ja! es galt mir! Es mußte heißen „die Alben ist herzlos, und — Du — Was bin ich?

Kora (lächelnd). E i t e l bist Du.

Egon (lachend). O! Das war der Nachsatz nicht!

Kora. Er war es nicht, aber er hätte es sein s o l l e n.

Egon. Weßhalb?

Kora. Weil Du wahrhaftig eitel bist, und Dein Lob hören willst.

Egon (ihre Hand ergreifend). Hast Du mich loben wollen, Kora? —

Kora (die Augen senkend). Vielleicht!

Egon (ihre Hand haltend). Thue es; es muß schön klingen, von Dir gelobt zu werden —

Kora (freundlich, aber fast traurig). Wie fällt Dir das so plötzlich ein, Onkel Egon? — Du hast doch niemals danach gefragt, wie ich von Dir denke!

Egon. Das mag wohl sein! Doch liegt an Dir selber die Schuld; Du bist mir immer ausgewichen, hast meine Nähe gemieden, und wenn ich zu Dir sprach, da gabst Du mir flüchtige, kurze Antwort.

Kora (ohne ihn anzusehen). Konnte ich Anders — durfte ich mit meinem Geplauder Deine Zeit in Anspruch nehmen, da ich doch wußte, daß Dein Herz — der Alben gehöre —

Egon. Der Alben! Was frägst Du nur immer nach der Alben.

Kora. (lächelnd). Ich frug nicht nach ihr, Du hast es gethan.

Egon (lebhaft). Und Dir war es nicht recht?

Kora (schüttelt den Kopf).

Egon (mit plötzlichem Einfall). Kora! Du warst eifersüchtig auf die Alden —?

Kora (schweigt).

Egon (ihre Hand ergreifend). Sag' ja, Kora — sag', daß Du es gewesen?

Kora (leise mit gesenktem Blicke). Lieb konnte ich sie niemals haben.

Egon (innig). Und Du hast Dir über dies Gefühl keine Rechenschaft gegeben?

Kora (schweigt).

Egon. Hast Dich nie gefragt, weßhalb Du sie nicht lieb haben kannst?

Kora (schweigt).

Egon (ihre beiden Hände fassend). So rede doch.

Kora (kläglich). Du weißt ja ohnedies Alles.

Egon. Alles nicht! Ist mir doch die Hauptsache nicht vollständig klar — die sollst Du mir noch sagen, Kora! (Faßt ihre Hand.)

Kora (rasch). Da kommt Iduna mit dem Onkel — —

Egon (Koras Hand loslassend). Die hätten auch ein wenig später kommen können! — —

Neunter Auftritt.

Vorige. Erwin, zweite Coulisse links, hinter ihm Iduna.

Erwin (aufgeregt). Nein — nein — nein!

Iduna. Aber Erwin! sei doch klug!

Erwin. So etwas kann man nicht von mir verlangen! (Eilt auf und ab.)

Kora (mitleidig). Was fehlt dem Onkel?

Egon (erstaunt). Was ist geschehen — —?

Erwin (immer auf und niedergehend). Es ist entsetzlich! Solch eine Lage!

Iduna (zu Kora und Egon). Die Alden hat sich mit Kanttus verlobt —

Kora (für sich). Sie ist verlobt!
Egon. Was geht das Erwin an — —?
Iduna. Wie Ihr wißt, ist Kanttus Präsident des Vergnügungscomités — —
Erwin (tritt vor, einfallend). Vergnügungscomité! Der Ausdruck für ein so haarsträubendes Unternehmen! (Eilt wieder auf und ab.)
Egon (schüttelt den Kopf).
Iduna (lächelnd). Da er, seiner Verlobung halber — noch heute mit der Alben zu deren Eltern reist, legte er die Stelle nieder —
Erwin. Und mich — mich wollen sie zu seinem Nachfolger wählen —! Ich — der ich hergekommen, um in trauter Einsamkeit meine Flitterwochen zuzubringen — ich soll Präsident d i e s e s Unternehmens werden — soll Concerte, Wasserfahrten, Kegelpartien, Feuerwerke und Tänzchen arrangiren — Sitzungen mitmachen — und vielleicht auch noch zusehen, wie die Comité-Mitglieder sich mehr um des Präsidenten Frau als um ihn s e l b e r kümmern — —
Egon (für sich). Aha! — —
Erwin. Nein — das thue ich nicht — Ich thu' es nicht —
Iduna (leise). Was hat Max Kronenhelm gesagt — —?
Erwin (sich besinnend, für sich). Der Bube! (Laut.) Du hast recht, Iduna — Ich muß auch d i e s e s Opfer bringen — aber d e n Aufenthalt, d e n werde ich mir merken — — (Setzt sich rechts.)
Egon (zu Erwin). Du nimmst die Stelle an?
Iduna. Er k a n n nicht anders — —
Erwin (seufzend). Allerdings nicht — (Lebhaft.) Außer Du wolltest sie nehmen, Egon — ich trete sie Dir mit Vergnügen ab! —
Egon. O! besten Dank, (auf Kora blickend) ich gedenke mich um ganz andere Dinge zu bewerben — —
Erwin. So?
Iduna (Koras Hand fassend). Da Egon vom bewerben spricht, fällt mir ein, daß ich Dir eine Mittheilung zu machen habe — — Otto Wallrott bat mich, seine Fürsprecherin zu sein — — er will bei Laurentius um Dich anhalten — — Was soll ihm Dein Bruder antworten — —?
Kora (sieht auf Egon).

Egon (empört). Welch eine Frechheit —

Iduna (erstaunt). Frechheit!? Einem Mädchen seine Hand bieten, ist doch keine Frechheit!

Egon (rasch einfallend). Allerdings ist es eine solche, einem Mädchen die Hand zu bieten, von welchem man nicht weiß, ob es einen liebt —

Iduna (scheinbar arglos). Vielleicht liebt ihn Kora, was wissen wir.

Egon (wie oben). Wie, Kora? Du könntest diesen unbedeutenden Menschen lieben, diesen albernen Jungen, der kaum den Kinderschuhen entwachsen ist, dieses verhätschelte Muttersöhnchen, das noch nicht selbstständig laufen gelernt, diesen Milchbart, dessen Empfindungen noch so unreif und unausgegohren, wie er selber! von dessen Charakter man noch nicht weiß, ob er Wein oder Essig wird!! —

Erwin (lachend). Aber so lasse Kora doch nur erst zu Worte kommen, Du verschimpfst den armen Jungen, daß eine hungrige Katze keine Krume Brod von ihm nehmen würde, und weißt gar nicht, ob er es verdient. — Kora mag sein Urtheil sprechen, — sie soll ihn ja heiraten, nicht Du!

Egon (hat mit den Zeichen größter Ungeduld zugehört, rasch): Sie soll ihn n i c h t heiraten, weil sie ihn nicht liebt, ihn nicht lieben kann. Kora wird namenlos unglücklich an der Seite dieses Menschen, er ist ein Rohr, das Niemandem eine Stütze bietet — sein Herz ist Espenlaub, das jede Luft bewegt, sein — —

Iduna. Aber bester Egon — uns braucht Wallrott ja nicht zu gefallen.

Egon (rasch). Und ihr kann er nicht gefallen — nicht wahr Kora, er gefällt Dir nicht, — er gefällt Dir gar nicht?

Kora (welche lächelnd zugehört). Nein —

Egon (rasch triumphirend). Nun hört Ihr es! Ich habe es Euch ja gleich gesagt, — er kann ihr nicht gefallen. — Es ist gar nicht möglich!

Erwin. Ja, weßhalb denn nicht? (Winkt Idunen).

Iduna (winkt Erwin). Das möchte ich auch wissen! Wallrott ist jung, liebenswürdig, er liebt Kora!

Egon (entschieden). Das ist möglich! Aber Kora liebt i h n nicht — (ihre Hand fassend) kann ihn nicht lieben, weil — sie einen Andern liebt.

Kora (sieht ihn an, schweigt).

Egon. Nicht wahr, Kora! Ich habe recht, Du könntest Dich niemals entschließen, Wallrotts Gattin zu werden —?

Kora (schüttelt den Kopf).

Egon. Denn Du liebst einen Andern — einen Andern, der ein Thor war und Dein liebes, trautes Herz lange nicht verstanden hat. — Jetzt aber, da er es versteht, Dich Niemandem auf Erden gönnen würde und Dich besitzen will und muß um jeden Preis. Kora! werde die Meine, laß mich es hören das liebe, schöne Wort — ich liebe Dich! — (Zieht sie an sich.)

Kora. Wozu soll ich es sagen, Du weißt es ja ohnedies. —

Egon. Und dennoch will ich es hören und immer und immer wieder hören.

Kora. So hör' es denn — (reicht ihm beide Hände). Ich liebe Dich — ich habe Dich geliebt, seit ich weiß, daß ich ein Herz besitze, und das ist — seit ich Dich zum erstenmal gesehen.

Egon. Kora! süße, kleine Kora! Und ich Wahnsinniger! Ich übersah das holde Veilchen, das mir so nahe stand, und streckte die Hand nach Rosen aus, die für mich nur Dornen hatten.

Iduna (lächelnd). Auch das hat sein Gutes. Zu mindest wirst Du Dir für die Folge merken, daß die schönsten Rosen die meisten Dornen haben, und glücklich im Besitz des Veilchens sein — das nur für dich erblühte! —

Erwin (Iduna umarmend). Oh schmähe die Rosen nicht, Iduna, es gibt auch welche ohne Dornen, und eine solche — bist Du! —

Iduna (lächelnd). Sag' das nicht, Erwin! Wenn Du mich wirklich einer Rose vergleichen willst, kannst Du mir auch die Dornen nicht abstreiten. —

Erwin (sie umschlungen haltend). Dornen sind Fehler, und die hast Du nicht.

Iduna (sich rasch losmachend). Ah! Soeben fällt mir ein, daß ich einen sehr bedeutenden habe, den — vergeßlich zu sein! Nehling hat mir seine Bitte an Dich vorgetragen, mich zu seiner Fürsprecherin ernannt, und ob der Präsidentenwahl habe ich darauf vergessen!

Erwin. Was will er von mir?

Idnna. Er will nach England zu den großen Rennen, und da bittet er uns, Garda während ihres hiesigen Aufenthaltes zu beaufsichtigen.

Erwin (kläglich). Das kann schön werden. Und ich dachte soeben darüber nach, wie es möglich wäre, auf eine gute Art aus dieser lieblichen Gegend fortzukommen.

Idnna (lächelnd). Daran ist weniger denn je zu denken.

Erwin (seufzend). Gräßlich!

Idnna. Ah, da ist ja Rehling und Garda! Was ist denn wieder geschehen, daß die Kleine so aufgebracht?

Vierter Auftritt.

Vorige. Garda, Rehling, Laurentius.

Garda (durch die Mitte). Nicht eine Stunde länger bleibe ich hier, nicht eine Stunde.

Rehling. Aber Garda! wir müssen doch vor Allem hören, was Erwin sagt —

Garda. Widersprich mir nicht, Papa! Du weißt, ich kann es nicht leiden —

Laurentius. Aber beste Garda —

Garda. Wenn Sie hierbleiben wollen, können Sie es thun! Glauben Sie, ich werde mich hersetzen, das dumme Zeug anhören, was mir die Affen drüben vorplappern und zusehen, wie Ihnen alle Damen den Hof machen?

Laurentius (lächelnd). Was kümmern mich diese Damen.

Garda (sehr aufgeregt zu Idunen). Du solltest nur sehen, was sie alle mit Laurentius treiben; wie die Gänse schnattern sie, wenn sie ihn sehen, und ich leide es nicht!

Idnna. Siehst Du, nun bist Du auch eifersüchtig — und noch heute morgens fandest Du die Eifersucht possierlich.

Garda. Erstens hatte ich da noch keinen Bräutigam, und zweitens bin ich auch nicht eifersüchtig; ich behaupte nur mein Recht und will meinen Bräutigam für mich allein haben.

Erwin (für sich). Ich hätte nicht geglaubt, daß die Kleine so vernünftig ist —

Idnna (zu Erwin). Garda theilt Deine Meinung!

Garda (lebhaft zu Erwin). Sind Sie auch meiner Ansicht?

Erwin. Ich kann nicht leugnen, daß dieselbe mit der meinen so ziemlich übereinstimmt!

Garda (in die Hände klatschend). Ah! das ist ja herrlich! Da werden Sie auch mit meinem Plane ganz einverstanden sein. —

Rehling. Aber liebes Kind!

Garda (hält ihm den Mund zu). Sei still, Papa! Das verstehst Du nicht! — Laß mich reden — (Zu Erwin.) Wie ich Euch schon gesagt habe, bleibe ich unter keiner Bedingung hier. Ich will nach Rehling! Da ist es so still, so einsam, da sieht und hört man nichts, als Hirsche, Ochsen und Bauern —

Erwin (lächelnd). Das muß eine schöne Gegend sein! — Kein Vergnügungs-Comité, keine Präsidentenwahl, kein Hôtel Garni!

Garda (lachend). Nichts von all' dem öden, langweiligen Zeug, nichts, als schöne, wundervolle Natur. (Rasch zu Egon.) Nicht wahr, Pathe Egon — es ist schön in Rehling?

Egon. Gewiß!

Garda. Und deshalb will ich hin, und Ihr Alle sollt mit mir gehen! Du meine gute Iduna, (reicht Idunen die Hand) mit Deinem Manne. (Geht zu Kora.) Mein kleines, neues Schwesterchen, mein guter Pathe Egon! — (Stutzt, sieht ihn an.) Oder — bist Du mir etwa böse, weil ich Dich nicht heiraten wollte? Gehst Du nicht mit?

Egon (Koras Arm in den seinen legend). Ich folge meiner holden Braut über Land und Meer!

Laurentius. Braut?! Und das erfahre ich so nebenbei!

Erwin (zupft ihn). Sei still! Kora konnte ja nicht besser wählen.

Laurentius (lachend). Das habe ich auch nicht gesagt, aber sie hätte mich fragen können! (Tritt zu Kora, küßt sie auf die Stirne).

Garda. Braut? Das lasse ich mir gefallen! (Altklug). Da hast Du recht vernünftig gewählt, Pathe Egon! Die paßt viel besser zu Dir, als ich! (Reicht Egon die Hand.) Es freut mich herzlich, daß Du Dich so rasch getröstet hast! — Du hast mir ohnedies recht leid gethan, aber es war nicht zu ändern. Ich hatte Laurentius zu lieb!

Rehling. Ich weiß eigentlich noch immer nicht, wo Ihr Euch kennen gelernt?

Garda. Das brauchst Du auch nicht zu wissen, Papa! es thut nichts zur Sache — Wenn es Dich übrigens beruhigt, kann ich es Dir auch sagen. Es war bei Walltroop. Laurentius ritt spazieren, da kam ein Wolkenbruch; um sich vor ihm zu schützen, kehrte Laurentius bei Walltroop ein — ich kam auch hin, unsere Kleider waren vom Regen ganz durchnäßt, und während sie trockneten, lernten wir uns kennen.

Rehling. Hm, hm! So war die Geschichte!

Erwin (zu Iduna). Das kommt von den Wolkenbrüchen!

Iduna (auch leise). Wie die Kleine das erzählt!

Laurentius (Gardas Hand fassend). Es war ein schöner Tag, ich werde denselben nie vergessen.

Rehling (lachend). Ein schöner Tag mit einem Wolkenbruch!

Garda. Oh! das Wetter hat uns gar nicht genirt, da stört mich die Gesellschaft da drüben weit mehr! Und deshalb bleibt es dabei, ich gehe fort und Ihr Alle geht mit.

Erwin (für sich). Es wäre reizend.

Rehling. Kind, ich muß nach England! — das große Rennen —

Garda. Geh' zu Deinem Rennen, sobald du willst!

Rehling. Aber es paßt doch nicht — Sofie ist nicht in Rehling.

Garda. Die brauchen wir auch nicht! Iduna kommt mit.

Rehling (tritt zu Iduna). Könnten Sie sich dazu entschließen, Baronin?

Iduna (lächelnd). Wenn Erwin will!

Erwin (entzückt). Ob ich es will! Fräulein Garda — wenn Ihr Papa und Iduna einverstanden sind, reisen wir in einer Stunde ab. (Für sich.) Ich bin gerettet!

Garda (hüpfend, in die Hände klatschend). Herrlich! herrlich! So habe ich die Wagen denn nicht umsonst bestellt!

Rehling. Welche Wagen?

Garda (immer hüpfend). Die liebe, gute Extrapost, die uns Alle nach Rehling bringen soll. (Posthorn von Außen.) O hört — die theu'ren Klänge! Kommt! (Faßt Erwin und Idunens Hand.) Macht Euch reisefertig!

Iduna (zögernd). Aber Erwins Präsidentenstelle —

Garda (triumphirend). Ich habe im Schlosse erklärt, daß der Baron mich begleiten muß — daher wurde Max Kronenhelm zum Nachfolger des Kanttus erwählt!

Erwin (entzückt für sich). Dieses Mädchen ist ein Engel!

Iduna (zu Erwin). Nun bist Du doch zufrieden?

Garda (zu Laurentius tretend, legt ihren Arm in den seinen).

Laurentius. Meine holde Garda! — —

Erwin (Idunens Arm in den seinen legend). Ob ich es bin! — In Rehling werden wir es ja erreichen — das schöne, heißersehnte Ziel, ungestört zu sein! — —

Zweites Posthorn — von Außen Horn-Duett.

Garda. Also kommt! kommt! Auf nach Rehling!

Egon. Auf nach Rehling!

Erwin. Auf nach Rehling! (Küßt Idunens Hand).

Iduna (lächelnd, leise). Es ist doch gut, daß Garda hergekommen!

Erwin. Ich werde es nie vergessen, daß sie es ist, die uns aus diesem angenehmen Aufenthalt entführt! — —

E n d e.

Druck von J. C. Fischer & Comp. Wien.